とんでもなく危険《きけん》な目《め》に
あったりしながらも、
気《き》づかなかったかい？
仲間《なかま》をつくって
やろうよ！
少年探偵団《しょうねんたんていだん》!!
怪人《かいじん》二十面相《めんそう》を
追《お》いつめていく。
よ、よせ…誤解《ごかい》
おまえの正体《しょうたい》は
わかってる！
二十面相《めんそう》!!
そして、ラストには
あっとおどろく
展開《てんかい》がまっている！
ちょっぴりだけど
恋《こい》バナもあるよ！
小林《こばやし》くう～ん
スキスキ
さあ、きみもぼくと
二十面相《めんそう》のトリックを
あばこう！

JN224013

この物語《ものがたり》のおもしろポイント

ポイント1 怪人《かいじん》二十面相《めんそう》はいろんな人《ひと》に化《ば》けます!

怪人《かいじん》二十面相《めんそう》は、変《へん》そうの名人《めいじん》です。
男《おとこ》にも女《おんな》にも、おじいちゃんにも化《ば》けます!
物語《ものがたり》を読《よ》みながら、この人《ひと》はあやしいなあ、
と思《おも》ったら、怪人《かいじん》二十面相《めんそう》の変《へん》そうを
うたがってみてください。

ポイント2 小林《こばやし》くん&《アンド》明智《あけち》先生《せんせい》のトリック!

じつはこの物語《ものがたり》では、
怪人《かいじん》二十面相側《めんそうがわ》だけじゃなく、
小林《こばやし》くん&《アンド》明智《あけち》先生《せんせい》のチームも、
名探偵《めいたんてい》ならではのトリックをつかって
二十面相《めんそう》をだまします。ふたりが
どんなトリックをつかったか、
みなさんも推理《すいり》してね!

ポイント3 たのしいキャラクターがいっぱい!

おれをおまえの弟子《でし》にしろ!
は?
なぜか
えらそうな井上《いのうえ》

なぞの多《おお》い怪人《かいじん》二十面相《めんそう》は
もちろんのこと、子《こ》どもなのに
探偵助手《たんていじょしゅ》をしている小林《こばやし》くんや、
かっこいい名探偵《めいたんてい》・明智小五郎《あけちこごろう》、そして
明智先生《あけちせんせい》にラブ(?)な文代《ふみよ》さんや、
小林《こばやし》くんに弟子入《でしい》りしたがる井上《いのうえ》など、
たのしいキャラがいっぱい登場《とうじょう》します!
くわしくはつぎのページを読《よ》んで♪

ポイント4 子《こ》どもだって悪《わる》い大人《おとな》をやっつけられるんだ!

この物語《ものがたり》のテーマのひとつが、
「子《こ》どもだって知恵《ちえ》と勇気《ゆうき》が
あれば大人《おとな》に対抗《たいこう》できる」
ということ! だからみなさん、
ぜひとも頭《あたま》と心《こころ》を一生《いっしょう》けんめい育《そだ》てて、
りっぱな子《こ》どもになってくださいね。
それにはたくさん本《ほん》を読《よ》むことが
近道《ちかみち》ですよ。

りっぱすぎてモテモテな小林《こばやし》くん

この物《もの》語《がたり》に登《とう》場《じょう》する人《ひと》たち

怪《かい》人《じん》二十面《めん》相《そう》

明《あけ》智《ち》先《せん》生《せい》

まだ二十代《だい》ながら、日本《にほん》を代表《だいひょう》する名探偵《めいたんてい》。

小《こ》林《ばやし》くん

かしこく勇《ゆう》かんな小学生《しょうがくせい》。明智先生《あけちせんせい》の探偵助手《たんていじょしゅ》。

文《ふみ》代《よ》さん

明智事務所《あけちじむしょ》があるアパートの大家《おおや》さんの娘《むすめ》。

中《なか》村《むら》警《けい》部《ぶ》

警視庁一《けいしちょういち》の刑事《けいじ》。二十面相《めんそう》にやられっぱなし。

羽《は》柴《しば》氏《し》

大金持《おおがねも》ち。二十面相《めんそう》にダイヤを盗《ぬす》まれ息子《むすこ》を誘拐《ゆうかい》される。

井《いの》上《うえ》

小林《こばやし》くんの同級生《どうきゅうせい》。少年探偵《しょうねんたんてい》団《だん》を作《つく》ろうと声《こえ》をかける。

のろちゃん

のんびり屋《や》さん。少年探偵団《しょうねんたんていだん》のメンバー。

北《きた》大《おお》路《じ》博《はか》士《せ》

国立博物館館長《こくりつはくぶつかんかんちょう》。二十面相《めんそう》から、予告状《よこくじょう》をうけとる。

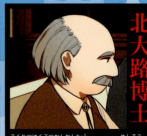

100nen-meisaku

100年《ねん》後《ご》も読《よ》まれる名作《めいさく》

怪《かい》人《じん》二《に》十《じゅう》面《めん》相《そう》と少《しょう》年《ねん》探《たん》偵《てい》団《だん》

原作／江戸川乱歩　文／那須田 淳
絵／仁茂田あい　監修／坪田信貴

もくじ

1 怪人《かいじん》二十面相《めんそう》、あらわる！

そのころ、東京《とうきょう》では**怪人《かいじん》二十面相《めんそう》**のうわさを耳《みみ》にしない日《ひ》はありませんでした。

「きいたかい、お金《かね》には目《め》もくれず、由緒《ゆいしょ》ある宝石《ほうせき》や有名《ゆうめい》な美術品《びじゅつひん》ばかりをねらう、大《おお》どろぼうなんだってさ」

「それも変《へん》そうの名人《めいじん》だっていうんだろ。ばけるのは顔《かお》だけじゃないんだ。姿《すがた》かたちまでかえてしまうっていうのだから、びっくりぎょうてんだ」

こんなふうに、人《ひと》びとはまるで季節《きせつ》のあいさつをするみたいに、

顔《かお》を合《あ》わせるたびに怪人《かいじん》二十面相《めんそう》の話《はなし》をしていたのです。
目撃《もくげき》した人《ひと》の話《はなし》によると、二十面相《めんそう》は、こしの曲《ま》がった老人《ろうじん》だったり、すらっと背《せ》の高《たか》い青年《せいねん》だったりしました。あるときなんて、若《わか》い娘《むすめ》にばけていたりもしたのです。
いくつも顔《かお》を持《も》つ男《おとこ》……それで、いつのまにか怪人《かいじん》二十面相《めんそう》なんていうあだ名《な》がつけられたのでした。

戦争《せんそう》がおわって平和《へいわ》になり、世《よ》の中《なか》もやっと落《お》ちつきを取《と》りもどしはじめたころのことです。怪人《かいじん》二十面相《めんそう》は、人《ひと》びとのあらたな不《ふ》安《あん》のタネとなりました。なにしろ、本当《ほんとう》の顔《かお》がわからないのでは、警察《けいさつ》も、手配《てはい》のモンタージュ（似顔絵《にがおえ》）だってつくれません。

警視庁《けいしちょう》でいちばんのうで利《き》きといわれる**中村警部《なかむらけいぶ》**も、すっかりお手《て》あげで、「いったいどうやって二十面相《めんそう》をみつけたらいいんだ」と頭《あたま》をかかえていました。

しかもそんな警察《けいさつ》をあざ笑《わら》うかのように、怪人《かいじん》二十面相《めんそう》は、盗《ぬす》む前《まえ》に、きまってこんな予告状《よこくじょう》さえ送《おく》りつけてきたのです。

「**○月《がつ》△日《にち》、×時《じ》に参上《さんじょう》する！**」

そんなことしたら、いくらなんでもつかまるにちがいないと思《おも》うでしょう？

ところが怪人二十面相《かいじんにじゅうめんそう》は、警察《けいさつ》やお店《みせ》の人《ひと》がどんなに見張《みは》っていても、やすやすと盗《ぬす》みだしてしまうのです。

はっとして気《き》がつくと、宝石店《ほうせきてん》のショーケースがからっぽになっていた、なんてことがつづきました。

いったいどんなふうにして盗《ぬす》みだすのでしょうか？

そのふしぎさもあって、人《ひと》びとは、みんな怪人二十面相《かいじんにじゅうめんそう》のことを魔術師《まじゅつし》だなどといってさわぎたてていたのでした。

「でも、目《め》の前《まえ》の宝石《ほうせき》がなくなるなんて、ほんとう魔法《まほう》みたいね」

東京《とうきょう》の御茶ノ水《おちゃのみず》にある古《ふる》びた文化《ぶんか》アパートの一室《いっしつ》で、文代《ふみよ》さんがテーブルをふきながらいいました。

ここは私立探偵《しりつたんてい》の明智事務所《あけちじむしょ》です。

窓《まど》によりかかって、部屋《へや》のすぐ下《した》を流《なが》れる川《かわ》をながめていた**小林《こばやし》くん**がふりむきました。

「魔法《まほう》なんかじゃないよ。二十面相《めんそう》は、ぜったい、なにかトリックをつかっているはずなんだ」

「トリック？」

文代《ふみよ》さんは、アパートの大家《おおや》さんの娘《むすめ》で、若《わか》い探偵《たんてい》の**明智小五郎《あけちこごろう》**と小林《こばやし》くんのふたりぐらしではたいへんだろうと、ときどきそうじや片《かた》づけにきてくれるのでした。

小林《こばやし》くんは、ある事件《じけん》で両親《りょうしん》を亡《な》くして、明智先生《あけちせんせい》にひきとられ、

小学生《しょうがくせい》ながら探偵《たんてい》の助手《じょしゅ》をしているのです。
明智《あけち》先生《せんせい》は、まだ二十代《だい》の若《わか》い探偵《たんてい》です。でも、このところ立《た》てつづけに難事件《なんじけん》を解決《かいけつ》して、すごく注目《ちゅうもく》される存在《そんざい》になり、いまも捜査《そうさ》の依頼《いらい》をうけ、海外《かいがい》に出《で》かけています。
それで留守番《るすばん》をしている小林《こばやし》くんのため、文代《ふみよ》さんは、おむすびのお弁当《べんとう》をもってきてくれたのです。

「うん、先生《せんせい》は犯罪《はんざい》のどんなトリックも、手品《てじな》といっしょでかならずしかけがあるって、いつもいっているよ」

文代《ふみよ》さんのにぎってくれた鮭《さけ》のおにぎりをほおばりながら、小林《こばやし》くんはこたえました。

「じゃあ、このきのうの事件《じけん》も、そんなしかけが？」

文代《ふみよ》さんがテーブルを指《ゆび》さしました。

ひろげられた新聞《しんぶん》に、でかでかと

「怪人《かいじん》二十面相《めんそう》、あらわる

ロマノフ王朝《おうちょう》のダイヤモンドを強奪《ごうだつ》！

警察《けいさつ》はまたも大失敗《だいしっぱい》、目《め》の前《まえ》で怪人《かいじん》を取《と》りにがす！」

の、文字《もじ》が大《おお》きくおどっています。

記事《きじ》によると、麻布《あざぶ》で大《おお》きなお屋敷《やしき》をかまえる羽柴家《はしばけ》に、昨夜《さくや》の深夜《しんや》0時《じ》に、ロマノフ王朝《おうちょう》の王冠《おうかん》をかざっていたという**六個《こ》のダイヤモンド**を盗《ぬす》みに入《はい》ると予告《よこく》があったのは一週間前《しゅうかんまえ》のこと。

羽柴家《はしばけ》では、警察《けいさつ》に連絡《れんらく》して、その予告《よこく》にあった時間《じかん》、家《いえ》のまわりを見張《みは》ってもらう一方《いっぽう》で、主人《しゅじん》の**羽柴壮太郎氏《はしばそうたろうし》**が、長男《ちょうなん》の**壮一《そういち》さん**とともに部屋《へや》でダイヤモンドをじっと見張《みは》っていたのでした。

ところが……。真夜中《まよなか》に部屋《へや》の時計《とけい》の針《はり》が十二時《じ》をさしたとたん、羽柴氏《はしばし》は、いきなり壮一《そういち》さんにピストルをつきつけられたのでした。

いいえ、それは壮一《そういち》さんではなく、二十面相《めんそう》だったのです。

「二十面相《めんそう》と壮一《そういち》さんはいつすりかわったんだろう。それに、ほんものの壮一《そういち》さんはどこに行《い》ったのかな」

　そばに文代《ふみよ》さんがいるのもわすれて、小林《こばやし》くんは、本棚《ほんだな》から人物《じんぶつ》事典《じてん》をひっぱりだし、羽柴家《はしばけ》のことをあれこれ調《しら》べはじめました。

　なるほど、羽柴《はしば》さんは日本《にほん》でも指折《ゆびお》りの大金持《おおがねも》ちみたいだ……。

「ふふ、そうやって推理《すいり》に夢中《むちゅう》になっているところは、小《ちい》さな明智《あけち》先生《せんせい》みたいね」

　文代《ふみよ》さんがほほえんだとき、事務所《じむしょ》の机《つくえ》の電話《でんわ》が鳴《な》りました。

「はい、こちら明智探偵事務所《あけちたんていじむしょ》です。あ、もうしわけありません。所長《しょちょう》は、るすにしておりまして……。少《すこ》しおまちくださいませ」

　電話《でんわ》に出《で》た文代《ふみよ》さんが、小林《こばやし》くんにききました。

「先生《せんせい》はいつもどるって？」

「ほんとうはきょうって、思《おも》ってたんだけど」

――ジケン カイケツ。スグモドル。

と、明智先生《あけちせんせい》から電報《でんぽう》をもらったのはおとといのことです。

でも、海外《かいがい》のことですから、飛行機《ひこうき》の手配《てはい》に時間《じかん》がかかっているのかもしれません。

「**麻布《あざぶ》の羽柴《はしば》さま**からのお電話《でんわ》なの。じゃあ、先生《せんせい》がもどったら、連絡《れんらく》するとおつたえするわね」

麻布《あざぶ》の羽柴《はしば》さん…？

小林《こばやし》くんは、はっとして新聞《しんぶん》に目《め》を落《お》としました。

怪人二十面相《かいじんにじゅうめんそう》にダイヤモンドをとられたお屋敷《やしき》じゃないか……。

「あっ、ちょっとまって。ぼくが出《で》るよ」

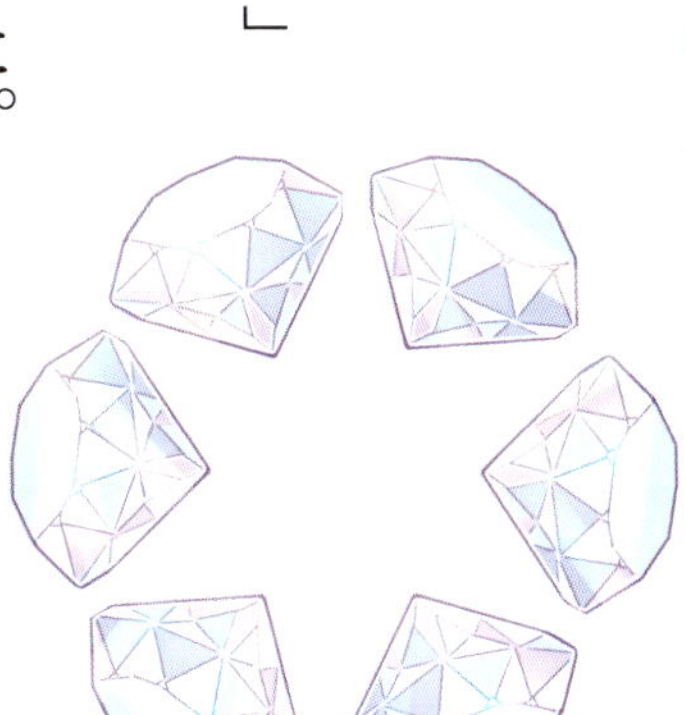

小林《こばやし》くんは、文代《ふみよ》さんから受話器《じゅわき》をもらうと、

「明智探偵事務所《あけちたんていじむしょ》の助手《じょしゅ》の小林《こばやし》です」

すると受話器《じゅわき》のむこうで男《おとこ》のしゃがれた声《こえ》がしました。

「明智《あけち》さんにいそいで相談《そうだん》したいことがあるのだが……」

「それなら、助手《じょしゅ》のぼくがうかがいます。先生《せんせい》がるすのあいだは、なにかあればたのむといわれているので」

「しかし……」

電話《でんわ》のむこうの男《おとこ》は、小林《こばやし》くんの子《こ》どもっぽい声《こえ》に一瞬《いっしゅん》、とまどったみたいでしたが、考《かんが》えなおしたのか明智《あけち》さんの助手《じょしゅ》であれば、だれにも気《き》づかれずに、いそいできてくれと、つたえてきました。

やっぱり、なにかたいへんなことが起《お》きてるんだ！

二十面相《めんそう》と関係《かんけい》があることかな？

「はい、おまかせください」

そう返事《へんじ》をして、小林《こばやし》くんは受話器《じゅわき》をおきました。

小林《こばやし》くんがひとりで事件《じけん》をあつかうのなんてはじめてです。でも、先生《せんせい》のそばでずっと助手《じょしゅ》をしてきたし、探偵《たんてい》の方法《ほうほう》ならすっかり教《おし》えてもらっていました。

先生《せんせい》が教《おし》えてくれたとおりにやれば……。

ぼくだって、きっと事件《じけん》を解決《かいけつ》できるはず！

小林《こばやし》くんは、事務所《じむしょ》のおくにある自分《じぶん》の部屋《へや》に走《はし》っていって、ぱっと布《ぬの》のバッグをかつぐとすぐに出《で》てきました。そのバッグには秘《ひ》密《みつ》の七つ道具《どうぐ》が入《はい》っているのです。

「あぶないことはしないでね」

心配《しんぱい》そうな文代《ふみよ》さんの声《こえ》を背中《せなか》にききながら、

「わかってるって。先生《せんせい》がもどってきたら、よろしく！」

小林《こばやし》くんは、あっというまに外《そと》にとびだしていきました。

道《みち》ばたのコスモスが美《うつく》しい秋《あき》のひざしにゆれる、十月《がつ》の昼下《ひるさ》がりのことです。

2 盗《ぬす》まれたダイヤモンド

バスで麻布《あざぶ》までやってくると、小林《こばやし》くんは、羽柴家《はしばけ》のお屋敷《やしき》の高《たか》いへいにそって歩《ある》きながら、あたりを見《み》まわしました。

事件《じけん》なら、犯人《はんにん》の仲間《なかま》がどこかで見張《みは》っているかも……。

でも、屋敷《やしき》はひっそりしていて、裏口《うらぐち》のあたりに、ひどいなりをした子《こ》づれのおじいさんが、ゴミ箱《ばこ》をのぞきこんでいるだけでした。このごろよくみかける家《いえ》のない野宿者《のじゅくしゃ》でしょうか。

あたりにはほかにだれもいません。

小林《こばやし》くんが、玄関《げんかん》の呼《よ》び鈴《りん》を鳴《な》らすと、すぐに出《で》てきたお手伝《てつだ》いのおばさんに、元気《げんき》よく名乗《なの》りました。

「壮二《そうじ》くんの友人《ゆうじん》です。遊《あそ》びにきました」

羽柴家《はしばけ》のことを調《しら》べたとき、この家《いえ》には長男《ちょうなん》の壮一《そういち》さんのほかに、壮二《そうじ》くんという男《おとこ》の子《こ》がいるのを知《し》ったので、とっさにそういったのです。

「そ、壮二坊《そうじぼっ》ちゃまなら、ただいまおでかけしておりまして」

「あれ、おかしいな。遊《あそ》ぶやくそくをしていたのに……いつもどってきますか？」

小林《こばやし》くんはとぼけてききました。

「あ、いえ、その……それが」

お手伝《てつだ》いさんがまごまごしていると、むこうから、太《ふと》った男《おとこ》がせかせか歩《ある》いてきて、怒《おこ》ったような顔《かお》をしました。

「壮二《そうじ》の友人《ゆうじん》かな。すまんが、うちはいまとりこみちゅうでね。帰《かえ》ってくれんか？」

これが主《あるじ》の羽柴氏《はしばし》でしょう。さっきの電話《でんわ》の声《こえ》とおなじでした。

小林《こばやし》くんは羽柴氏《はしばし》がとめるのにもかまわず、いきなり玄関《げんかん》のなかに入《はい》るとドアをしめました。

「もしかして、**壮二《そうじ》くんはゆうかいされたんですか？**」

「な、なんでそのことを……」

羽柴氏《はしばし》は、のけぞるようにおどろいています。

小林《こばやし》くんは、ひとさし指《ゆび》をすっとくちびるにあてました。

「いえ、ご心配《しんぱい》なく、明智探偵事務所《あけちたんていじむしょ》からまいりました」

「ああ…助手《じょしゅ》の小林《こばやし》とかいう男《おとこ》のおつかいか。できたらその助手《じょしゅ》の方《かた》においでいただきたいと願《ねが》ったのだが」

「だから、ぼくがその小林《こばやし》です」

「きみが…？」

羽柴《はしば》氏《し》はぎょっとして、まじまじと小林《こばやし》くんをみつめました。

「ほんとに、あの有名《ゆうめい》な明智《あけち》さんの助手《じょしゅ》なのかね」

「はい」

羽柴氏《はしばし》はすこし考《かんが》えてから、ふうと息《いき》をつきました。

「うーむ、まあよい。ところで、きみは、なんで壮二《そうじ》がゆうかいされたと思《おも》うのだね？」

「新聞《しんぶん》でよんだのですが、この屋敷《やしき》で、怪人《かいじん》二十面相《めんそう》にダイヤモンドを盗《ぬす》まれたことは知《し》っています」

でも、そのダイヤなら警察《けいさつ》がさがしているはずだし、そんな理由《りゆう》で私立探偵《しりつたんてい》の明智先生《あけちせんせい》をわざわざよぶはずがないと、小林《こばやし》くんは思《おも》ったのです。きっと警察《けいさつ》に話《はな》せないことが起《お》きたにちがいないと。

二十面相《めんそう》は宝石《ほうせき》や美術品《びじゅつひん》ばかりをねらうどろぼうで、お金《かね》には興味《きょうみ》がありません。

「だとしたら、ご家族《かぞく》に関係《かんけい》することでしょう。それで警察《けいさつ》に相談《そうだん》できないようなこととなると、ゆうかいだろうと」

小林《こばやし》くんは自分《じぶん》の推理《すいり》を話《はな》しました。

羽柴壮太郎《はしばそうたろう》氏《し》は、感心《かんしん》したようにうなずきました。

「なるほど、きみは探偵《たんてい》ごっこができるようだね」

「ごっこなんかじゃありません。こういう推理《すいり》も、探偵術《たんていじゅつ》のひとつです。明智先生《あけちせんせい》からいろいろ教《おそ》わってますから。でもまちがっていたらすみません」

「いや、これは失礼《しつれい》した。まさにそのとおりのことが起《お》きたのだよ。きみを探偵《たんてい》としてやとうとしよう。よろしくたのむよ」

羽柴壮太郎氏《はしばそうたろうし》は小《ち》さく頭《あたま》をさげました。

それから小林《こばやし》くんを、居間《いま》に案内《あんない》すると、どっかりとソファにこしを下《お》ろし、ふところから一通《つう》の手紙《てがみ》をとりだしました。

「まずはこれをよんでくれ」

そこには、こんなおそろしいことが書《か》かれていたのです。

「昨晩《さくばん》は、ロマノフ王朝《おうちょう》のダイヤモンドをちょうだいした。

ところが、にげようとしてお宅《たく》の庭《にわ》にとびおりたときに、花壇《かだん》にしかけられていたワナにはまり、足《あし》にけがをさせられた。

そのことはとうてい許《ゆる》せず、慰謝料《いしゃりょう》として、おたくの居間《いま》にあったあのすばらしい仏像《ぶつぞう》もいただくことにした。

そのため取《と》り引《ひ》きしようと、壮二《そうじ》くんをおあずかりした。

今夜《こんや》十時《じ》に部下《ぶか》が仏像《ぶつぞう》をうけとりにまいるので、おわたしいただきたい。そうすれば壮二《そうじ》くんを送《おく》りかえそう。

ただし、くれぐれも警察《けいさつ》には知《し》らせないように。また部下《ぶか》たちのあとを追《お》ったりしないように。

さもなければ、壮二《そうじ》くんは永久《えいきゅう》に家《いえ》に帰《かえ》ることはない。

二十面相《めんそう》より」

なんて身勝手《みがって》でずうずうしい脅迫状《きょうはくじょう》でしょうか。

こういうのはぜったいに許《ゆる》せないと、小林《こばやし》くんは思《おも》いました。

羽柴家《はしばけ》では昨夜《さくや》、真夜中《まよなか》に家宝《かほう》の宝石《ほうせき》をうばわれるというさわぎがあったものの、今朝《けさ》は、壮二《そうじ》くんは家《いえ》の運転手《うんてんしゅ》の松野《まつの》さんに送《おく》られ、車《くるま》でいつものように学校《がっこう》に出《で》かけていたのです。

いそいで学校《がっこう》に連絡《れんらく》したところ、壮二《そうじ》くんはきておらず、この日《ひ》はお休《やす》みと連絡《れんらく》があったとのこと。もちろん家《いえ》からそんな電話《でんわ》はしていません。

そこで屋敷《やしき》じゅうをくまなくさがしてみると、運転手《うんてんしゅ》の松野《まつの》さんが木《き》の上《うえ》でしばられているのが発見《はっけん》されました。

松野《まつの》さんの話《はなし》では、こんなことがあったそうです。

二十面相《めんそう》を追《お》って、庭《にわ》さきに出《で》た松野《まつの》さんは、池《いけ》の上《うえ》にみょうな竹筒《たけづつ》が出《で》ているのをみつけました。

この池《いけ》は深《ふか》いし、藻《も》が多《おお》くて、夜《よる》の暗《くら》がりでは底《そこ》まではとてもみえません。

でも、松野《まつの》さんは、気《き》になって鼻紙《はながみ》をとりだすと、竹筒《たけづつ》の上《うえ》にもっていきました。

すると、風《かぜ》もないのにふわっと鼻紙《はながみ》がゆれる

ではありませんか。

さてはこのなかに……。

松野《まつの》さんは思《おも》いきって、竹筒《たけづつ》をぐいと引《ひ》きあげました。

と、ザバアッ！　竹筒《たけづつ》をつかんだまま、池《いけ》のどろでまっ黒《くろ》になった人間《にんげん》がとびだしてきたのでした。

うわわっ！

松野《まつの》さんは、そのままっ黒《くろ》な男《おとこ》になげとばされ、ねじふせられて、気《き》をうしなってしまったそうです。

「その池《いけ》の男《おとこ》が二十面相《めんそう》だったんですね？」

「ああ、そのあと二十面相《めんそう》は、こんどは松野《まつの》になりすまし、朝《あさ》、うちの息子《むすこ》を学校《がっこう》に送《おく》るふりをして、ゆうかいしおったのだ」

主人《しゅじん》の羽柴氏《はしばし》がうめくようにいいました。

「それにしても、まさか息子《むすこ》の壮一《そういち》にまでばけていたとは…」

壮一《そういち》さんは、青年《せいねん》のころに家出《いえで》したそうで、会《あ》うのは十数年《すうねん》ぶりだったといいます。アジアの奥地《おくち》のバナナ園《えん》で大成功《だいせいこう》したといって、海外《かいがい》から、壮一《そういち》さんになりすました二十面相《めんそう》が、バナナ園《えん》をバックにうつした自分《じぶん》の写真《しゃしん》と手紙《てがみ》を送《おく》りつけてきたので、みんな、すっかり信《しん》じこんでしまったのだそうです。

本当《ほんとう》の壮一《そういち》さんが、今《いま》どこで何《なに》をしているかはだれも知《し》りません。

「写真《しゃしん》を送《おく》ってきたのは、二十面相《めんそう》の予告状《よこくじょう》がくる前《まえ》ですね？」

小林《こばやし》くんがきくと、羽柴氏《はしばし》は、にがにがしそうにいいました。

「そうだよ。それですっかりだまされてしまったんだ。親《しん》せきをあつめて、大歓迎《だいかんげい》パーティまでしたのだぞ。それなのに、だれも壮一《そういち》がニセものだとは気《き》がつかなかった」

しかもニセの息子《むすこ》は、壮一《そういち》さんの子《こ》どものころのこともよく知《し》っていたそうです。

さては、二十面相《めんそう》は、どこかで壮一《そういち》さんの若《わか》いころを知《し》っている人《ひと》に会《あ》い、写真《しゃしん》をみせてもらって変《へん》そうの工夫《くふう》をしたんだな……。

これが二十面相《めんそう》のトリックの正体《しょうたい》だったんだ！

それにしても、わざわざ外国《がいこく》まで出《で》かけるなんて、とっても手《て》がこんでいます。二十面相《めんそう》のしかけは、小林《こばやし》くんが考《かんが》えていたよりはるかに大《おお》きなものだったようです。

「ロマノフ王朝《おうちょう》の冠《かんむり》についていたダイヤモンドだけでもくやしいのに、わが家《や》の家宝《かほう》の仏像《ぶつぞう》まで、うばわれてたまるか！」

羽柴壮太郎氏《はしばそうたろうし》が顔《かお》をまっ赤《か》にして、どしんと机《つくえ》をたたきました。

すると、部屋《へや》のおくのソファにうずくまっていた奥《おく》さんが、泣《な》きはらした目《め》でうったえたのです。

「そんなことおっしゃって、あなたは、壮二《そうじ》より仏像《ぶつぞう》のほうが大事《だいじ》なのですか？　壮一《そういち》がまだ行方知《ゆくえし》れずのままですし、これで壮二《そうじ》の身《み》になにかあったら、わたしも生《い》きていられません」

わっと泣《な》きだすと、でっぷり太《ふと》った羽柴氏《はしばし》がくやしそうに顔《かお》をゆがめました。

二十面相《めんそう》は、これまで人《ひと》を殺《ころ》したり、けがさせたりしたことは一《いち》度《ど》もありません。それで紳士《しんし》強盗《ごうとう》などといわれてもいたのです。

でも、相手《あいて》はどろぼうですから、いざとなればなにをするかわかりません。

そのとき小林《こばやし》くんが、部屋《へや》のおくの仏像《ぶつぞう》に気《き》がつきました。

「仏像《ぶつぞう》というのは、あれですか？」

「そうだ」

それは観音《かんのん》さまの仏像《ぶつぞう》で、ガラスのケースつきの飾《かざ》り棚《だな》におさめられています。人《ひと》の半分《はんぶん》ほどの高《たか》さのあるどっしりした棚《たな》です。

小林《こばやし》くんは、飾《かざ》り棚《だな》のドアをあけ、なかをのぞきこみました。カップやお皿《さら》などがぎっしりつまっています。

でもこれをどけてしまえば……。

「この飾《かざ》り棚《だな》ごと、二十面相《めんそう》の手下《てした》にはこばせましょう」

「はあ、やはり仏像《ぶつぞう》をわたすしかないのかね」

羽柴氏《はしばし》は下《した》くちびるをとがらせました。

「壮二《そうじ》くんの命《いのち》が第一《だいいち》です」

「わかったよ。それにしても、飾《かざ》り棚《だな》ごとくれてやることもないだろう。その棚《たな》だってビクトリア朝時代《ちょうじだい》の年代《ねんだい》ものなんだぞ」

「でも、必要《ひつよう》なんです。壮二《そうじ》くんだけじゃなく、盗《ぬす》まれたダイヤモンドも取《と》りもどすためにも」

「ん？　それはどういうことだね」

小林《こばやし》くんの言葉《ことば》に、羽柴氏《はしばし》は、けげんそうな顔《かお》をしました。

「ちょっと考《かんが》えたんですが、**あいつが魔法使《まほうつか》いなら、こちらもちょっとした魔法《まほう》をつかってやりましょう**」

小林《こばやし》くんはこしをかがめて、羽柴氏《はしばし》に耳打《みみう》ちをしました。

「ほお……なるほどなあ。だが危険《きけん》すぎやしないかね」

「でも、二十面相《めんそう》をたおすには、それしか方法《ほうほう》はないでしょう。それにこれなら壮二《そうじ》くんはもどってきますよ」

小林《こばやし》くんはほほえんでみせました。

3 おばけ屋敷《やしき》

ピンポ〜ン！

やくそくの午後《ごご》十時《じ》きっかりに、羽柴家《はしばけ》の玄関《げんかん》のチャイムが鳴《な》りひびきました。

羽柴氏《はしばし》がおそるおそるドアをあけると、人相《にんそう》のわるい男《おとこ》たちが三人《にん》ずかずか入《はい》ってきました。

二十面相《めんそう》の手下《てした》たちです。

目《め》のあたりにざっくり大《おお》きな傷《きず》のある男《おとこ》がひくい声《こえ》でききました。

「仏像《ぶつぞう》はどこにある？」

「こちらだよ」

手下《てした》たちは羽柴氏《はしばし》につれられ居間《いま》にくると、

「お、ガラスのケースに入《はい》ってるのか。ここにだしてくれ」

ガラスの飾《かざ》り棚《だな》のなかで、仏像《ぶつぞう》が天井《てんじょう》のライトにてらされてやわらかく光《ひか》っています。

「だめだ。仏像《ぶつぞう》は棚板《たないた》にとりつけてあるから、はこぶなら飾《かざ》り棚《だな》ごともっていけ。それに傷《きず》をつけたりすればお頭《かしら》が怒《おこ》るのではないかね」

「なるほど、そいつはちがいねえや」

手下《てした》たちは、もってきた毛布《もうふ》で飾《かざ》り棚《だな》をぐるぐるまきにすると、

「こいつは重《おも》いぞ」「落《お》とさないようにしろよ」

などといいあいながら、よいしょ、よいしょと外《そと》にはこびだし、乗《の》

ってきたトラックにつみこみました。

羽柴氏《はしばし》がききました。

「で、うちの子《こ》はどうした？　仏像《ぶつぞう》と交換《こうかん》するやくそくだろう」

「うしろをみな。坊《ぼっ》ちゃんならそこにもどってきたろ」

車《くるま》のなかから、手下《てした》が指《ゆび》さしたほうをみると、玄関《げんかん》の門《もん》のランプの下《した》に、大《おお》きいのと小《ちい》さいのとのふたつの黒《くろ》い人影《ひとかげ》がみえました。

孫《まご》をつれたおじいさんなのでしょうか。ふたりともぼろぼろの服《ふく》を着《き》て、きたならしい手《て》ぬぐいをかぶっていました。

昼間《ひるま》から、勝手口《かってぐち》のあたりをうろついていた野宿者《のじゅくしゃ》たちです。

「へへへ、なにかめぐんでくれないかね」

「こらっ、あっちへいけ」

羽柴氏《はしばし》がしかりつけました。

ところが、そのすきに、仏像《ぶつぞう》をつみこんだトラックはエンジンをふかし、あっというまにみえなくなってしまったのです。

「くそっ、だまされたか！」

羽柴氏《はしばし》が頭《あたま》をかかえたとき、きたならしい老人《ろうじん》が下《した》をむいたまま、みょうな声《こえ》で笑《わら》いだしました。

「**ヒャハハハ、わたしはやくそくはちゃんとまもるよ**」

老人《ろうじん》はそういうと、手《て》を引《ひ》いていた子《こ》どもをどんと羽柴氏《はしばし》にむかってつきとばし、ひらり暗《くら》やみのなかに消《き》えていったのです。

「あっ」

羽柴氏《はしばし》が声《こえ》をあげたとき、子《こ》どもが顔《かお》をあげました。

「あうあう」

てぬぐいで、口《くち》にさるぐつわをされていました。はずしてやると、息子《むすこ》の壮二《そうじ》くんにちがいありません。二十面相《めんそう》にひどいかっこうをさせられて一日《いちにち》じゅう、近所《きんじょ》をつれまわされていたのでした。

「では、いまの老人《ろうじん》が二十面相《めんそう》だったのか……？　でも、おまえが無《ぶ》事《じ》でよかった。さあ、おかあさまがまっているぞ」

羽柴《はしば》氏《し》はそういいながら、さっきのトラックのことを思《おも》いました。二十面相《めんそう》のかくれ家《が》をつきとめるには、これしかないと考《かんが》えついた作《さく》戦《せん》です。飾《かざ》り棚《だな》のなかに小林《こばやし》くんがひそんでいるのです。

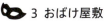

けれども、自分《じぶん》の子《こ》どもがもどってくると、おなじ年《とし》ごろの小林《こばやし》くんのことがきゅうに心配《しんぱい》になってきたのでした。

二十面相《めんそう》のかくれ家《が》をつきとめるため、みずから虎《とら》の口《くち》にとびこんだようなものですから。

探偵《たんてい》の助手《じょしゅ》といっても、小林《こばやし》くんはまだ子《こ》どもなのです。

きっとご両親《りょうしん》も心配《しんぱい》されるにちがいない。あ、いや、あの子《こ》は親《おや》がいないといっていたな。かわいそうに……。

ともかく警察《けいさつ》に捜査《そうさ》をたのもう。

あの子《こ》から連絡《れんらく》があったら、すぐに救出《きゅうしゅつ》にむかわせなければ。

羽柴《はしば》氏《し》はそう思《おも》い、いそいで屋敷《やしき》にもどり、電話《でんわ》をとりました。

「もしもし、警視庁《けいしちょう》ですか……」

小林《こばやし》くんを乗《の》せたトラックは、あとをつけられていないかたしかめるつもりなのでしょう、東京《とうきょう》の町《まち》をさんざん走《はし》りまわったあと、こんもりと木々《きぎ》のおいしげる公園《こうえん》のわきの小道《こみち》を入《はい》っていきました。

都心《としん》でも、住宅街《じゅうたくがい》といわれている地区《ちく》のはずれです。

荷台《にだい》でごとごとゆられながら、小林《こばやし》くんは飾《かざ》り棚《だな》の戸《と》をそっとあけて外《そと》のようすをうかがいました。

手下《てした》の顔《かお》や、道《みち》を少《すこ》しでもおぼえておこうと思《おも》ったのです。

キキィと小《ちい》さなブレーキ音《おん》がして、やがてトラックは一軒《けん》の古《ふる》い洋館《ようかん》の前《まえ》にとまりました。

そこはへいもくずれ、門灯《もんとう》も蜘蛛《くも》の巣《す》だらけで、まるでおばけ屋《や》敷《しき》のようです。

手下《てした》たちのひとりが、トントントンと三回《かい》とびらをたたくと、むこうからトントンと、二回返事《かいへんじ》がありました。

もう一度《いちど》、トントントンとたたきます。

それでドアがギイィとひらきました。

なかから顔《かお》をのぞかせたのは、さっきまで羽柴家《はしばけ》の前《まえ》で壮二《そうじ》くんをつれてうろうろしていた老人《ろうじん》でした。トラックよりもさきにもどってきていたのです。でも、きたないぼろ服《ふく》はぬぎすてたのでしょう。しゃれたジャケットを着《き》ていました。

「あと、つけられていないな」

「へい、ぬかりはありません、お頭《かしら》」

手下《てした》たちがぺこぺこしています。

お頭《かしら》だって…？　じゃあ、この老人《ろうじん》が二十面相《めんそう》なのか？

小林《こばやし》くんは、ぎょっとしました。てっきりもっと若《わか》い男《おとこ》だと思《おも》っていたのです。二十面相《めんそう》は、手下《てした》たちに、仏像《ぶつぞう》を飾《かざ》り棚《だな》ごと、おくの部屋《へや》にはこびこませると、

「よし、よくやった。さあ、これをもって、出《で》ていけ」

と、ほうびの金《かね》をあたえて、部屋《へや》にひとりきりになりました。

「さて、仏像《ぶつぞう》さまのお顔《かお》をじっくりおがませてもらおうじゃないか」

二十面相《めんそう》が毛布《もうふ》をはがし、テーブルにおいてあったろうそくの光《ひかり》

を近《ちか》づけました。

暗《くら》がりに仏像《ぶつぞう》が、あかあかとてらしだされました。

「おお、やはり美《うつく》しい。おれの博物館《はくぶつかん》にかざるにふさわしい宝物《たからもの》だ。よいものが手《て》にはいったものだ。ははははは……ん？」

二十面相《めんそう》の高笑《たかわら》いが、ふいにとまりました。

仏像《ぶつぞう》をおさめた飾《かざ》り棚《だな》の下《した》の箱《はこ》から、すうっとピストルが、つきでてきたからです。

「うごくな」くぐもった声《こえ》がひびきました。「ろうそくをおいて、そのまま両手《りょうて》を高《たか》くあげろ」

「わ、わかった」

おとなしく両手《りょうて》をあげた二十面相《めんそう》でしたが、飾《かざ》り棚《だな》からピストルをつきつけながら出《で》てきた小林《こばやし》くんをみて、にやっと笑《わら》いました。
「ほほう、これは小《ちい》さな探偵《たんてい》さんだな。坊《ぼう》や、あぶないマネはやめたほうがいいぞ」
相手《あいて》が子《こ》どもだとわかって、ばかにしたのでしょう。
「そうはいかないよ。それにこのピストルはおもちゃじゃないんだ。その証拠《しょうこ》をみせてあげようか」
小林《こばやし》くんがそういったかと思《おも》うと、
ぱんっ
と、かわいた音《おと》がして、部屋《へや》の窓《まど》ガラスが一枚《まい》、こなごなにくだけちりました。このピストルは、明智先生《あけちせんせい》のものです。護身用《ごしんよう》に事務所《じむしょ》からこっそりもってきたのでした。

「羽柴《はしば》さんのダイヤモンドを、まずかえしてもらおうか」

「ああ、わかったよ。おれだって命《いのち》は惜《お》しいからね」

二十面相《めんそう》は、部屋《へや》のすみの大《おお》きな机《つくえ》の前《まえ》へいき、かくし引《ひ》きだしから、革《かわ》の小袋《こぶくろ》に入《はい》った宝石《ほうせき》をとりだしてきました。

「さあ、これだ」

小林《こばやし》くんの手《て》のひらのなかで、六個《こ》のダイヤモンドが、ろうそくの光《ひかり》に虹《にじ》のようにかがやきはなちました。

「つぎは、そこにあるロープで自分《じぶん》の両足《りょうあし》をしばれ。ぼくは警察《けいさつ》をよびにいかないといけないからね」

「くくくっ……」

二十面相《めんそう》は、くやしそうにくちびるをかみしめました。

「ところで、おまえは何者《なにもの》なんだ？　まさか、この二十面相《めんそう》をこんなめにあわせるやつがあらわれるとは思《おも》わなかった」

「さあね。ろうやに先生《せんせい》といっしょに面会《めんかい》にいってやるから、そのときわかるだろ」

小林《こばやし》くんはピストルをかまえたまま、出口《でぐち》のほうへゆっくりゆっくり、あとずさりだしました。

あとは部屋《へや》に二十面相《めんそう》をとじこめ、警察《けいさつ》に電話《でんわ》さえすればいいのです……。

日本《にほん》じゅうの警察《けいさつ》がやっきになって追《お》いかけている大《おお》どろぼうを、このぼくがつかまえるなんて。小林《こばやし》くんが胸《むね》をおどらせ、勝利《しょうり》を確《かく》信《しん》したそのときでした。

二十面相《めんそう》の顔《かお》がにやりと笑《わら》ったのです。

「なにがおかしい？」

「おまえは、二十面相《めんそう》にほんとうに勝《か》ったつもりでいるのかい？」

「なにをいまさら……いったいどうしようっていうんだ！」

「こうしようというんだよ！」

二十面相《めんそう》はしばられた両足《りょうあし》でダンっと床《ゆか》をふみました。

と、そのとたん、小林《こばやし》くんの足《あし》もとの床板《ゆかいた》が、とつぜん消《き》えてしまったのです。

つぎの瞬間《しゅんかん》、小林《こばやし》くんはからだがういたような気《き》がして、いきなりたたきつけられたような痛《いた》みを全身《ぜんしん》に感《かん》じました。

部屋《へや》の床《ゆか》に落《お》とし穴《あな》のしかけがあって、まんまと二十面相《めんそう》のワナにはまってしまったのでした。

あおむけにひっくりかえったまま、上《うえ》を見《み》あげると天井《てんじょう》から二十面相《めんそう》がのぞきこんでいます。

「けがはないかね？」

「くそっ！」

「わははは、それだけ声《こえ》がだせるなら大丈夫《だいじょうぶ》だろう。子《こ》どものくせに、この二十面相《めんそう》をピストルでおどして、こわがらせたバツだ。しばらくそこで頭《あたま》を冷《ひ》やすんだな」

二十面相《めんそう》はゆかいそうに高笑《たかわら》いをすると、床板《ゆかいた》をとじてしまいました。

いきなりまっ暗《くら》やみが、小林《こばやし》くんをおそってきました。

二十面相《めんそう》のかくれ家《が》のおばけ屋敷《やしき》には、おそろしいワナがしかけられていたのでした。

4 探偵《たんてい》七つ道具《どうぐ》

まっ暗《くら》な地下室《ちかしつ》にとじこめられた小林《こばやし》くんは、床《ゆか》にすわると、肩《かた》からぶらさげていた布《ぬの》カバンをそっとさわってみました。

カバンのなかで、こそこそとなにかうごきました。

「ああ、よかった。ピッポくん、無事《ぶじ》だったんだね」

小林《こばやし》くんがカバンのなかをのぞくと、くっくっとかわいらしい声《こえ》もします。小林《こばやし》くんがかわいがっているハトでした。家《いえ》にいるときはもちろん、出《で》かけるときもいつもいっしょなのです。

「よしよし、ちょっとおとなしくしておいで」

小林《こばやし》くんはハトの頭《あたま》をなでてやると、カバンのなかをたしかめました。二十面相《めんそう》から取《と》りもどしたばかりのダイヤモンドの小袋《こぶくろ》。そのほかに、万年筆型《まんねんひつがた》の懐中電灯《かいちゅうでんとう》、小型《こがた》の万能《ばんのう》ナイフ。はしごがわりにつかえるようじょうぶな絹《きぬ》であんだなわひも。望遠鏡《ぼうえんきょう》、時計《とけい》、方位磁石《ほういじしゃく》、えんぴつ付《つ》きの手帳《てちょう》です。これらは、小林《こばやし》くんが**秘密《ひみつ》の探偵《たんてい》七つ道具《どうぐ》**としてもち歩《ある》いているものでした。

小林《こばやし》くんは、懐中電灯《かいちゅうでんとう》をつけて地下室《ちかしつ》をてらしてみました。

光《ひかり》の輪《わ》がコンクリートのがらんとした部屋《へや》をうつしだしました。四方《しほう》が壁《かべ》で、部屋《へや》の出口《でぐち》はありません。ただ、すみっこのほうに長《なが》いすがあって、古《ふる》い毛布《もうふ》が一枚《まい》まるめておいてあるだけです。さっきの落《お》とし穴《あな》の開《ひら》き戸《ど》が、たったひとつの出入《でい》り口《ぐち》なのでしょう。

小林《こばやし》くんは長《なが》いすにすわってふうと息《いき》をはきました。

まさにここは地下《ちか》の牢獄《ろうごく》でした。

こんなさびしくてつめたい場所《ばしょ》にひとりきりです。けれども、小《こ》林《ばやし》くんは涙《なみだ》ひとつこぼしません。ただ、カバンのなかのハトに話《はな》しかけただけでした。

「ピッポくん。ぼくはきみさえいればへいきだよ。でも、きょうはこのままカバンのなかにいてね。きゅうくつだけれど、ごめん。さっきのこわいおじさんにみつかるとたいへんだからさ」

かわいいハトは、飼《か》い主《ぬし》の言葉《ことば》がわかるのか、黒《くろ》いつぶらな目《め》で見《み》かえしながら、クークーと鳴《な》いて返事《へんじ》をしました。

小林《こばやし》くんは、ピッポの入《はい》っているカバンをだいじそうにだくと、長《なが》いすの上《うえ》に横《よこ》になり、そのまま毛布《もうふ》をかぶりました。

「さあねよう、ピッポくん。そして、おもしろい夢《ゆめ》でもみようよ。朝《あさ》になれば、きっとなにかいい考《かんが》えがうかぶはずだしね」

小林《こばやし》くんが目《め》をさますと、もう朝《あさ》でした。見《み》なれぬ景色《けしき》に目《め》をこすりました。

いつもの探偵事務所《たんていじむしょ》ではありません。ああ、そうか…、二十面相《めんそう》のワナにはまって、とらわれていたのだ、とすぐに思《おも》いだしました。地下室《ちかしつ》なのに、ふしぎに明《あか》るいのは、天井《てんじょう》の高《たか》いところに、鉄《てつ》ごうしつきの小窓《こまど》があって、朝日《あさひ》がさしこんでいたからでした。きのうはまっ暗《くら》で気《き》がつかなかったのです。

「あの窓《まど》から、なんとかにげだせないかなあ」

小林《こばやし》くんは長《なが》いすを窓《まど》の下《した》へおしていって、踏《ふ》み台《だい》にして、のびあがってみました。でも手《て》がわずかにとどきません。

それで、こんどはカバンからなわひもをとりだしました。じょうぶな絹《きぬ》であんだもので、足《あし》がひっかけられるよう結《むす》び目《め》がいくつもこしらえてあるのです。鉄《てつ》かぎのついたさきをカウ・ボーイのようにくるくるまわしながら、窓《まど》の鉄《てつ》ごうしめがけてなげました。

何度《なんど》も失敗《しっぱい》したあと、

ガチッ

ぐいっとひっぱると、こんどは、しっかり手《て》ごたえがありました。

かぎが鉄《てつ》ごうしに、ひっかかってくれたのです。ひもの結《むす》び目《め》に足《あし》をかけながら、小林《こばやし》くんは、するするよじのぼって、窓《まど》の鉄《てつ》ごうしにつかまりました。けれども……。

「だめだ、この鉄《てつ》ごうし、びくともしない」

大声《おおごえ》で、助《たす》けをよぶこともできません。こんなおばけ屋敷《やしき》の近《ちか》くを人《ひと》がうろついているわけがありません。それに、さけんだりしたら、だれかに声《こえ》がとどく前《まえ》に二十面相《めんそう》や手下《てした》がきてしまうでしょう。

そのとき小林《こばやし》くんの目《め》がかがやきました。

「あ、あれは…」

地面《じめん》すれすれの窓《まど》から、わずかにのぞくおばけ屋敷《やしき》のへいのむこうに、見《み》おぼえのある教会《きょうかい》の塔《とう》をみつけたのです。

前《まえ》に一度《いちど》、明智《あけち》先生《せんせい》といっしょに入《はい》ったことのある教会《きょうかい》です。

小林《こばやし》くんはぱっととびおりると、手帳《てちょう》をやぶいて、カバンから方《ほう》位磁石《いじしゃく》をとりだし、教会《きょうかい》とこのおばけ屋敷《やしき》の位置《いち》をたしかめて、地《ち》図《ず》を書《か》きだしました。

「でも……意味《いみ》ないな」

せっかく二十面相《めんそう》のかくれ家《が》をつきとめたのに、地下室《ちかしつ》からぬけだせなければ、どこにもとどけることができません。

「くそっ、くやしいなあ」

そのとき、カバンからハトがきょときょと小《ちい》さな顔《かお》をのぞかせました。

「**ああ、そうか、ピッポくんがいたか！**」

なんてばかなんだろう。ピッポはただのハトではありません。放《はな》してやれば自分《じぶん》の巣箱《すばこ》にもどるよう訓練《くんれん》された**伝書《でんしょ》バト**なのです。

携帯電話《けいたいでんわ》どころか、もって歩《ある》けるような無線《むせん》のトランシーバーもまだない時代《じだい》のことです。だれかに連絡《れんらく》するには、どこかで公衆電話《こうしゅうでんわ》をみつけるしかありません。でも、探偵助手《たんていじょしゅ》の小林《こばやし》くんはこの伝《でん》書《しょ》バトという、ちょっとかわった手段《しゅだん》を考《かんが》えついたのでした。

小林《こばやし》くんは、さっきの地図《ちず》にメモ書《が》きをして小《ち》さくたたみました。それから、ピッポの脚《あし》の輪《わ》にくくりつけると、もう一度窓《いちどまど》によじのぼりました。

「さあ、ピッポくん、道草《みちくさ》なんか食《く》うんじゃないぞ。まっしぐらに文代《ふみよ》さんのところへ飛《と》んでいけ！」

ピッポは首《くび》をかしげましたが、すぐに小林《こばやし》くんの命令《めいれい》がわかったらしく、窓《まど》の外《そと》へ元気《げんき》よくとびだしていきました。

「ああ、文代《ふみよ》さんがあの手紙《てがみ》をみつけてくれるといいんだけど」

小林《こばやし》くんは、ピッポの消《き》えていった空《そら》をながめながら、そんなことを考《かんが》えていました。

と、そのとき、頭《あたま》の上《うえ》で声《こえ》がきこえました。

「おい、そんなところでなにをしているんだね。まさかたすけをよぼうと思《おも》ったのかね」

どきっとして小林《こばやし》くんは、窓《まど》から落《お》ちてしまいました。

きのうとおなじ老人《ろうじん》の顔《かお》ですが、天井《てんじょう》の開《ひら》き戸《ど》から二十面相《めんそう》が顔《かお》をのぞかせていたのです。いつからこちらをのぞいていたのでしょう。

ま、まさか……ピッポくんを飛《と》ばしたのをみられた？

小林《こばやし》くんはあせって声《こえ》をうわずらせながらこたえました。

「そ、そんなことしたら、おまえたちがすぐに気《き》がつくだろ」

「そのとおり。さすがに名探偵《めいたんてい》の助手《じょしゅ》だな、**小林芳雄《こばやしよしお》くん？**」

小林《こばやし》くんはきゅうに名前《なまえ》をよばれてびっくりです。

「な、なんでそれを」

「ゆうべ、おまえが何者《なにもの》かずっと考《かんが》えていたんだ」

「ぼくのことを？」

「そうだとも。この二十面相《めんそう》を追《お》いつめるなんてことができるとしたら、明智小五郎《あけちこごろう》しかいないと思《おも》っていた。だが明智《あけち》はこんな子《こ》どもじゃない……。あのとき、おまえは、先生《せんせい》といったな。それで思《おも》いだしたんだ。明智事務所《あけちじむしょ》には、小林《こばやし》とかいう子《こ》どもの助手《じょしゅ》がいたってことをな」

怪人二十面相《かいじんにじゅうめんそう》は、悪事《あくじ》にかけてはやはり底知《そこし》れぬ男《おとこ》のようです。盗《ぬす》みだす相手《あいて》のことだけでなく、自分《じぶん》をつかまえようとするライバルの探偵《たんてい》のことまであれこれ調査《ちょうさ》していたなんて。

「たしかに、ぼくは先生《せんせい》の助手《じょしゅ》の小林芳雄《こばやしよしお》だよ。おまえをつかまえたのが先生《せんせい》じゃなくて、子《こ》どものぼくだからどうだっていうんだ?」

小林《こばやし》くんはちょっとむきになっていいかえしました。

「べつに。おれに冷《ひ》や汗《あせ》をかかせた子《こ》どものことをしっかりおぼえておこうと思《おも》っただけだよ。それにしても、明智小五郎《あけちこごろう》……。前《まえ》から目《め》ざわりだと思《おも》っていたが、ついに対決《たいけつ》のときがきたのかもな。

こうして明智《あけち》がかわいがっている子《こ》どもが手《て》に入《はい》るなんて、おれもなんて悪運《あくうん》が強《つよ》い」

二十面相《めんそう》は、小林《こばやし》くんを値踏《ねぶ》みするように、下《した》から上《うえ》へとながめました。

小林《こばやし》くんはにらみかえしながら、どなりました。

「明智先生《あけちせんせい》が、おまえなんかに負《ま》けるはずないだろ！」

「おやおや、とらわれの身《み》のくせにいせいがいいな。ところで、腹《はら》はへっていないかね？」

そういえば小林《こばやし》くんはゆうべからなにも食《た》べていないので、おなかがぺこぺこでした。

二十面相《めんそう》は、にたっと笑《わら》ってみせました。

「どうやら図星《ずぼし》らしいな。じつはこの屋敷《やしき》には、わたしのコックがいるんだ。おいしい朝食《ちょうしょく》を用意《ようい》させてもよいぞ。ただし、ただというわけにはいかないがね」

「どういうことだ？」

「まずは、きみがもっているそのおっかないピストルと交換《こうかん》しようじゃないか。つぎの昼飯《ひるめし》にはダイヤモンドだ。一回《かい》の食事《しょくじ》ごとにダイヤモンドをひとつずつかえっこするというのは、どうだね」

二十面相《めんそう》は小林《こばやし》くんをからかいながら、ピストルをうばい、つぎにダイヤモンドを取《と》りもどすことにしたようです。

でも、どうやらピッポのことまでは気《き》がついていないようでした。

だったらここは時間《じかん》かせぎをしなきゃ……。

小林《こばやし》くんは、とっさにそう考《かんが》えて、二十面相《めんそう》のいじわるにすすんでのっかることにしました。

でも、あまり平気《へいき》な顔《かお》していたら、へんにかんぐられてしまうかもしれません。それでわざと怒《おこ》ったようにいいました。

「くそっ、でも、わかったよ、じつは、ぼくは飢《う》え死《じ》にしそうなんだ。なんでもいいから食《た》べさせてくれ」

「よしよし、いい子《こ》だな。じゃ、まってろ」

二十面相《めんそう》は、にやっと笑《わら》ってすぐに天窓《てんまど》をとじました。

小林《こばやし》くんは、もう一度《いちど》、窓《まど》を見《み》あげました。

朝《あさ》の光《ひかり》のなかに、はばたいて消《き》えていった白《しろ》いハトは、小林《こばやし》くんにとって、のこされたたったひとつの希望《きぼう》の光《ひかり》だったのです。

5 小《ちい》さな勝利《しょうり》

やがて、また牢獄《ろうごく》の天井《てんじょう》の開《ひら》き戸《ど》があいて、二十面相《めんそう》が顔《かお》をだしました。

「さあ朝《あさ》ごはんだよ。やくそくどおり、さきに代金《だいきん》をもらおう。まずはおまえの支払《しはら》いとしてピストルだ。そのカゴにいれろ」

するするとおりてきたカゴに、小林《こばやし》くんはくやしそうな顔《かお》でピストルをなげいれました。かわりに湯気《ゆげ》のたつおにぎりと、ポットに入《はい》ったみそ汁《しる》がおりてきます。

「そうら、うまそうだろ」

二十面相《めんそう》は、この奇妙《きみょう》な取《と》り引《ひ》きを楽《たの》しんでいるみたいでした。

小林《こばやし》くんが、カゴをつかんで見《み》あげると、二十面相《めんそう》はとりあげたばかりのピストルを見《み》せびらかしながら、にやにやしていました。

「お昼《ひる》はなににしようか。とんかつかカレーか？　なにしろお代《だい》はダイヤモンドだからね。うまいものを用意《ようい》させよう……。ここは世界《せかい》で一番《いちばん》の最高級《さいこうきゅう》レストランというわけさ、ヒャハハハハ！」

二十面相《めんそう》がおかしくてこらえきれないというように、笑《わら》いだした、そのときでした。

「お、お頭《かしら》たいへんだ！」

「なんだ、そんなにあわてて」

「あっしが台所《だいどころ》で、お頭《かしら》の朝《あさ》めしをこしらえていたら、窓《まど》から、パトカーが何台《なんだい》もやってくるのがみえたんでさあ」

顔《かお》はみえませんが、どうやらこの男《おとこ》がコックのようです。

「館《やかた》のまわりをすっかり**警察**《けいさつ》にかこまれてしまってまっせ。早《はや》くこはずらからないと」

「け、警察《けいさつ》だと？」

これには、二十面相《めんそう》も声《こえ》をうわずらせました。

「くそっ、どうやってやつらはこのかくれ家《が》をみつけたんだ？」

二十面相《めんそう》は大声《おおごえ》でさけぶと、天井《てんじょう》の開《ひら》き戸《ど》をしめるのもわすれてどこかににげていきました。

やった！

ピッポがやくそくをはたしてくれたのです。

小林《こばやし》くんは、小《ちい》さくこぶしを何度《なんど》もにぎりしめました。

ハト小屋《ごや》にもどったピッポに気《き》がついて、すぐに文代《ふみよ》さんが、警《けい》察《さつ》に知《し》らせてくれたのでしょう。

天窓《てんまど》のあたりから、ザザザっと地面《じめん》の草《くさ》をふみしめるような大勢《おおぜい》の足音《あしおと》がきこえてきました。

ふいにだれかがしゃがんで、顔《かお》をのぞかせました。

「おーい、きみが小林《こばやし》くんか。わたしは警視庁《けいしちょう》の中村警部《なかむらけいぶ》だ。二十面相《めんそう》のかくれ家《が》を知《し》らせてくれたのはきみだね」

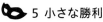

「二十面相《めんそう》はまだ上《うえ》にいるはずです。あ、あいつは老人《ろうじん》ですよ」

「ありがとう。やつをつかまえたら、すぐに救出《きゅうしゅつ》にくるからね」

中村警部《なかむらけいぶ》は、部下《ぶか》たちに大声《おおごえ》で命《めい》じました。

「二十面相《めんそう》は老人《ろうじん》だ。ぜったいににがすな！」

やがて、ピーピーとするどい呼《よ》び子《こ》がそこかしこからきこえ、警《けい》官《かん》たちの怒号《どごう》がつづき、まもなくおおおっと歓声《かんせい》があがりました。

「二十面相《めんそう》をつかまえたぞ！　屋敷《やしき》のおくの部屋《へや》です」

それから、すぐに天井《てんじょう》から階段《かいだん》はしごがおりてきました。

さっきの中村警部《なかむらけいぶ》がとちゅうまでおりてきて、

「小林《こばやし》くん、すまないが、いっしょにきてくれ。つかまえたのが、ほんとうに二十面相《めんそう》かどうかたしかめてほしいんだ」

「あっ、はい」

小林《こばやし》くんが階段《かいだん》をのぼっていくと、おばけ屋敷《やしき》のいちばん奥《おく》のうす暗《ぐら》い部屋《へや》の中《なか》で、ひとりの若《わか》い制服姿《せいふくすがた》の警官《けいかん》が、老人《ろうじん》を組《く》みしいて手錠《てじょう》をかけているところでした。

「二十面相《めんそう》は、こいつかね」

中村警部《なかむらけいぶ》にきかれて、小林《こばやし》くんはうなずきました。

「そうです。こいつが二十面相《めんそう》です」

「よし、すごいぞ、よくやったね。小林《こばやし》くん、なにしろきみのおかげで、二十面相《めんそう》をつかまえられたんだからね。警視総監賞《けいしそうかんしょう》ものだ」

中村警部《なかむらけいぶ》はちきれんばかりの笑顔《えがお》になって、二十面相《めんそう》に手錠《てじょう》をかけた若《わか》い警官《けいかん》に命《めい》じました。

「おまえがパトカーにつれていけ。それからほかのものは、屋敷《やしき》じゅうをもっとさがせ。どこかに盗《ぬす》まれたものがあるかもしれん」

中村警部《なかむらけいぶ》が命《めい》じると、刑事《けいじ》たちは「はっ」と敬礼《けいれい》して、いっせいにちらばっていきました。

「さあ、歩《ある》け」

と、若《わか》い制服姿《せいふくすがた》の警官《けいかん》にひったてられながら、二十面相《めんそう》は、小林《こばやし》くんのそばをとおりすぎるとき、あざけるように笑《わら》いました。

「坊《ぼう》や、あっしの、にぎりめしはうまかったかね」

「えっ、いまの……」

奇妙《きみょう》な老人《ろうじん》の声《こえ》にふりむいたとき、二十面相《めんそう》を連行《れんこう》する警官《けいかん》とすれちがうようにして、ひとりの青年《せいねん》が屋敷《やしき》に入《はい》ってきました。

「小林《こばやし》くん、よかった、ぶじだったか」

明智小五郎《あけちこごろう》でした。

そのなつかしい声《こえ》に、小林《こばやし》くんは思《おも》わずかけだしていって、とびついてしまいました。小林《こばやし》くんが先生《せんせい》に会《あ》うのは一か月《げつ》ぶりです。

「先生《せんせい》！　おそいじゃないですか！」

「おお、すまない。でも、ゆうべ日本《にほん》にもどってきて、事務所《じむしょ》にきみがいないのにおどろいたよ。あまりむちゃはするな」

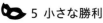

明智先生《あけちせんせい》は笑《わら》いながら、しかりつけました。

「へへへへ。ごめんなさい」

小林《こばやし》くんはあやまると、さっき気《き》になったことをいいました。

「それより今《いま》の男《おとこ》なんですが……あの男《おとこ》の声《こえ》、ぼくの知《し》っている二十面相《めんそう》のものとちがうような気《き》がしたんです。ただ、わざと声色《こわいろ》をかえただけなのかも」

「ちがう声《こえ》だって……」

明智小五郎《あけちこごろう》は、はっとして、むこうにいる中村警部《なかむらけいぶ》をよびました。

「この屋敷《やしき》でほかにつかまえた手下《てした》はいますか？」

「いや、あいつひとりだったぞ」

「それはへんですよ。だって少《すく》なくともコックがいたはず……顔《かお》はみてませんが……あっ！　先生《せんせい》、たいへんだ」

小林《こばやし》くんはさけびました。

「さっきの男《おとこ》、声《こえ》がそのコックとおなじだったんです」

「なんだって!?」

ふたりはいそいで、おばけ屋敷《やしき》の外《そと》にとびだしていきました。

屋敷《やしき》の庭《にわ》さきにパトカーがとまっていて、うしろの座席《ざせき》で老人《ろうじん》がへらへら笑《わら》っていました。

「おまえは二十面相《めんそう》のコックか？」

明智先生《あけちせんせい》がきくと、老人《ろうじん》はうなずきました。

「おお、そうだよ、木下虎吉《きのしたとらきち》っていうんだ」

「いまさら、そんなうそをつくな！」

小林《こばやし》くんのうしろから、中村警部《なかむらけいぶ》がどなりました。

「あ、さては、おとくいの変《へん》そうだな。ようし、こいつの化粧《けしょう》を落《お》とせ！　二十面相《めんそう》のばけのかわをはいでやれ」

警部《けいぶ》に命《めい》じられて、刑事《けいじ》たちがタオルで顔《かお》をごしごしぬぐいました。でも、老人《ろうじん》の顔《かお》はなにもかわりません。

「やめてくれ、くすぐってえ。これは、あっしが親《おや》からもらった大《だい》事《じ》な顔《かお》だ。うちのお頭《かしら》が、こんなきたない顔《かお》をしてるもんかね」

「じゃあ、ほんものの二十面相《めんそう》はどうした？」

「あっしをつかまえて、パトカーに乗《の》せると、そこらの刑事《けいじ》たちに敬礼《けいれい》して、どこかに消《き》えていきましたよ」

「ほんとうか？」

中村警部《なかむらけいぶ》が近《ちか》くにいた刑事《けいじ》たちにきくと、

「はっ、この老人《ろうじん》をつれてきた若《わか》い警官《けいかん》でしたら、警部《けいぶ》のご命令《めいれい》で、本部《ほんぶ》に電話《でんわ》をかけにいきましたが」

「ばかいうな、おれはそんな命令《めいれい》はだしておらんぞ！」

中村警部《なかむらけいぶ》がどなってもうとりかえしがつきません。

部下《ぶか》の刑事《けいじ》たちがあたりの草《くさ》むらをひっしにさがすと、警察官《けいさつかん》の制服《せいふく》がぬぎすてられていました。

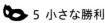

ほんものの二十面相《めんそう》は、若《わか》い警察官《けいさつかん》になりすまし、コックをわざとつかまえ、手柄《てがら》をたてたふりをして、すきをみてにげだしたのです。変《へん》そうが得意《とくい》な二十面相《めんそう》のことですから、警察《けいさつ》の制服《せいふく》ももちろん用意《ようい》していたのでしょう。

「くそっ、きみがこいつを二十面相《めんそう》といったから、てっきり……」

油断《ゆだん》してしまったと、警部《けいぶ》は小林《こばやし》くんをにらみつけました。

「それは小林《こばやし》くんのミスではないですよ。小林《こばやし》くんはこの老人《ろうじん》の顔《かお》しかみてないんですから。二十面相《めんそう》は、こんなこともあろうかと用《よう》心《じん》して、はじめからコックの顔《かお》にばけていたのです。小林《こばやし》くんじゃなくたってだまされます」

明智先生《あけちせんせい》がいってくれました。

それにしても、二十面相《めんそう》とは、なんとおそろしい男《おとこ》なのでしょう。つかまらないよう、いつも、こんなふうに、いくつもの逃《に》げ道《みち》を前《まえ》もって用意《ようい》していたにちがいありません。

中村警部《なかむらけいぶ》は苦笑《にがわら》いして、小林《こばやし》くんに握手《あくしゅ》をもとめました。

「どなったりして、すまなかった。きみが、二十面相《めんそう》を追《お》いつめ、ダイヤモンドや仏像《ぶつぞう》を守《まも》ったのはたしかだ。ご協力《きょうりょく》、感謝《かんしゃ》する」

「いいえ、そんなこと…」

小林《こばやし》くんは照《て》れ笑《わら》いしながら、明智先生《あけちせんせい》のほうをむきました。

「でも、これで二十面相《めんそう》はもうつかまえられないんでしょうか？」

「いや、あいつはかなりの負《ま》けず嫌《ぎら》いだと思《おも》う。こんどのことではそうとうにくやしい思《おも》いをしたはずだ。だからまたどこかで挑戦《ちょうせん》してくるだろうよ。こんどはどんなしかけでくるか――

はははは、これはおもしろくなってきたぞ」

とつぜん先生《せんせい》が笑《わら》いだしたので、中村警部《なかむらけいぶ》はぽかんと口《くち》をあけています。でも、これは興味深《きょうみぶか》い事件《じけん》にぶつかったときの、明智先生《あけちせんせい》のいつものくせなのでした。

「さあ、小林《こばやし》くん、事務所《じむしょ》に帰《かえ》ろう。文代《ふみよ》さんが、なにかおいしいものをつくってまってくれていると思《おも》うよ」

「ほんと？　ぼくは、朝《あさ》からおにぎり一個《こ》しか食《た》べてないんです」

小林《こばやし》くんは明智先生《あけちせんせい》とならんで歩《ある》きながら、なんだかうれしくなって、足《あし》を少《すこ》しはずませるのでした。

6 少年探偵団《しょうねんたんていだん》

小林《こばやし》くんとハトのピッポの大活躍《だいかつやく》は、新聞《しんぶん》にも大《おお》きく取《と》りあげられました。学校《がっこう》でも大評判《だいひょうばん》で、小林《こばやし》くんはたちまちクラスでも人気者《にんきもの》になったのです。

「怪人《かいじん》二十面相《めんそう》をどうやって追《お》いつめたの？」

「地下室《ちかしつ》のろうやにとじこめられたときはこわくなかった？」

みんなが小林《こばやし》くんの話《はなし》をききたがりました。とくに女《おんな》の子《こ》たちは目《め》をきらきらさせながら机《つくえ》のまわりにあつまってくるのです。

「こんど事務所《じむしょ》に遊《あそ》びにいってもいい？」

「ハトのピッポちゃんに会《あ》わせてよ」

小林《こばやし》くんは、もともと学校《がっこう》ではひとりでいることのほうが多《おお》いタイプでしたから、これには、さすがにうんざりでした。

それにきゅうに人気者《にんきもの》になったりすれば、おもしろくないと思《おも》う男子《だんし》たちもいます。

なんだか、めんどくさいことになったなあ……。

学校《がっこう》からの帰《かえ》り道《みち》、小林《こばやし》くんがぼやきながら歩《ある》いていると、きゅうにうしろから肩《かた》をたたかれました。はっとして、ふりむくと、メガネの背《せ》の高《たか》い少年《しょうねん》が、自転車《じてんしゃ》に乗《の》って立《た》っていました。

となりのクラスの**井上一郎**《いのうえいちろう》です。友人《ゆうじん》のいない変《か》わり者《もの》で、いつ

もひとり窓《まど》の外《そと》をながめているような子《こ》でした。

小林《こばやし》くんが、めずらしいやつが話《はな》しかけてくるなと思《おも》いながら、

「なに？」ときくと、井上《いのうえ》は思《おも》いがけないことをいったのです。

「おまえの家《いえ》の前《まえ》に公園《こうえん》があるだろ。あそこに毎日《まいにち》きてる赤《あか》い自転《じてん》車《しゃ》の紙《かみ》しばい屋《や》のおっさん、なんだかあやしいぞ」

「えっ？」

小《ちい》さな子《こ》どもたちが、紙《かみ》しばいをみせてもらおうとやってきても、──おお、すまないね、ソースせんべいも水《みず》あめも売《う》り切《き》れちまったんだ。またこんど、きておくれ。

と、ことわってしまうのだといいます。

「お客《きゃく》なんてひとりもきてなかったのに、へんだろう？」

井上《いのうえ》はハンドルにうでを乗《の》せました。ただでさえ猫背《ねこぜ》なのに、さらに背《せ》が丸《まる》くなります。

「たしかに……」

紙《かみ》しばい屋《や》は駄菓子《だがし》を売《う》って、紙《かみ》しばいをみせるのが仕事《しごと》です。お菓子《かし》が売《う》り切《き》れるなんてきいたことがありません。

「あいつ、おまえの家《いえ》のほうばかり気《き》にしてたみたいだし……」

小林《こばやし》くんの胸《むね》はざわつきました。

もしかして、二十面相《めんそう》の手下《てした》かも……。

羽柴家《はしばけ》の事件《じけん》以来《いらい》、二十面相《めんそう》はなにかと明智先生《あけちせんせい》を目《め》の敵《かたき》にするようになっていたのです。

先日《せんじつ》も、なんと明智先生《あけちせんせい》にばけて伊豆《いず》のほうで骨董品《こっとうひん》を盗《ぬす》んだり、外交官《がいこうかん》になって明智先生《あけちせんせい》に面会《めんかい》をもうしこんだりと、手《て》をかえ品《しな》をかえて、いろいろしかけてきました。

「ほら、いるだろう」

「ほんとだ」

紙《かみ》しばい屋《や》は、公園《こうえん》にきょうも赤《あか》い自転車《じてんしゃ》できていました。目《め》つきのひどくわるい若《わか》い男《おとこ》でした。

お客《きゃく》はおらず、うすよごれたブルゾンのポケットに手《て》をつっこんで、ひまそうに、明智探偵事務所《あけちたんていじむしょ》ばかりをみているのでした。

「ちょっと声《こえ》をかけてみるか」

「いや、やめたほうがいいよ」

紙《かみ》しばい屋《や》に近《ちか》づこうとする井上《いのうえ》を、小林《こばやし》くんがとめました。

相手《あいて》は、なにをたくらんでいるかわからないのです。こちらがあやしんでることを、気《き》づかれないほうがいいにきまっています。

「教《おし》えてくれてありがとう。あとは、ぼくひとりで大丈夫《だいじょうぶ》だ」

小林《こばやし》くんがいうと、井上《いのうえ》はにっと笑《わら》いました。

「おまえ、あいつのこと、つけるつもりだろ」

「……どうして、わかったの？」

「おれだったらそうするからさ。つきあうよ」

井上《いのうえ》は黒縁《くろぶち》めがねを中指《なかゆび》でくいとあげました。

「できたら、おまえに**弟子入《でしい》り**したい」

ぼくの弟子《でし》？

小林《こばやし》くんは、思《おも》わず、えっ！とのけぞりました。

「……それ、本気《ほんき》？」

「あのシャーロックホームズにだって、ベイカー街遊撃隊《がいゆうげきたい》っていう**少年探偵団《しょうねんたんていだん》**があったろ。おれたちもあれをつくるぞ。おまえが隊長《たいちょう》だ。それにあいつが二十面相《めんそう》の手下《てした》だったら、おまえの顔《かお》を知《し》っているはずだろう。ひとりでつけてたらすぐにばれるぞ」

「少年探偵団《しょうねんたんていだん》か……」

井上《いのうえ》が推理小説《すいりしょうせつ》をよんでいるのも意外《いがい》でした。でもその思《おも》いつきはたしかにわるくありません。

小林《こばやし》くんは小《ちい》さくうなずきました。

そのとき紙《かみ》しばい屋《や》が、店《みせ》じまいをして、公園《こうえん》から出《で》てきました。

「あちらさんがうごきだすぞ。うしろに乗《の》れよ」

井上《いのうえ》にせかされて、小林《こばやし》くんはあわてて自転車《じてんしゃ》の荷台《にだい》にとびのると、井上《いのうえ》の肩《かた》ごしに、川《かわ》ぞいの道《みち》を赤《あか》い自転車《じてんしゃ》で走《はし》っていく紙《かみ》しばい屋《や》をにらみつけました。

「つかまってろよ」

井上《いのうえ》は走《はし》りだし、立《た》ちこぎをしながら速度《そくど》をあげていきました。

ところが、橋《はし》をわたり、坂《さか》を上《のぼ》り、大《おお》きな通《とお》りから小道《こみち》に出《で》たり入《はい》ったりしているうちに、市《いち》ケ谷《がや》の交差点《こうさてん》をすぎたあたりで紙《かみ》しばい屋《や》を見《み》うしなってしまったのです。

「ああ……どっちにいったか、わからない」

井上《いのうえ》がくやしそうな顔《かお》をしたとき、むこうから小林《こばやし》くんとおなじクラスの**野呂一平**《のろいっぺい》が、のんびり自転車《じてんしゃ》でやってきました。

「あっ、のろちゃん」

「なにやってんの、こんなとこで、ふたりして」

「のろちゃん、紙《かみ》しばい屋《や》をみなかった？」

「え、うん、いつものおじさんでしょ。みたよ。いますれちがったし。あっちのほう」

のろちゃんが指《ゆび》さす方向《ほうこう》に、小林《こばやし》くんと井上《いのうえ》は自転車《じてんしゃ》をもうぜんと走《はし》らせました。

「おーい、なに、なにがあるの？」

のろちゃんがうしろから追《お》ってきます。学習塾《がくしゅうじゅく》にいくとちゅうだったのですが、なんだかおもしろそうなのでついてきたのでした。

三人《にん》で自転車《じてんしゃ》を走《はし》らせていくと、遠《とお》くに赤《あか》い自転車《じてんしゃ》をみつけました。紙《かみ》しばい屋《や》の自転車《じてんしゃ》です。

それから一時間《じかん》ぐらい走《はし》っていたでしょうか。焼《や》け跡《あと》に急《きゅう》ごしらえの板小屋《いたごや》がごちゃごちゃ立《た》ちならぶ路地《ろじ》や、うってかわってしーんとしずまりかえる黒《くろ》い森《もり》をぬけ、やがて畑《はたけ》のなかにぽつぽつと家《いえ》が建《た》つようなさみしい土地《とち》にやってきました。紙《かみ》しばい屋《や》は、思《おも》いがけないぐらい遠《とお》いところからきていたのです。

これはきっとなにかある……。

小林《こばやし》くんは不安《ふあん》を感《かん》じながら井上《いのうえ》の背《せ》にゆられていくと、ふいに紙《かみ》しばい屋《や》はT字路《ティーじろ》で立《た》ちどまり、ふりむきました。

こういうときはあわてないことです。

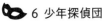

「そのまま走《はし》って！」

小林《こばやし》くんがささやくと、井上《いのうえ》は自転車《じてんしゃ》のスピードをゆるめずに、紙《かみ》しばい屋《や》のわきを通《とお》りすぎながら、わざと大声《おおごえ》をあげました。

「あしたの野球《やきゅう》どこでやる〜？」

すると小林《こばやし》くんも返事《へんじ》をしました。

「いつもの原《はら》っぱだね」

「えー、野球《やきゅう》？　原《はら》っぱってどこの？」

のろちゃんがとんちんかんにきいてきます。

でも、紙《かみ》しばい屋《や》は、子《こ》どもたちだけなので安心《あんしん》したのでしょう、ふりむくとT字路《ティーじろ》を入《はい》っていくのがみえました。

井上《いのうえ》がすかさずU《ユー》ターンして、もどっていきます。

T字路《ティーじろ》にもどって壁《かべ》に体《からだ》をはりつけてむこうをのぞくと、すぐにいきどまりで、おくに大《おお》きな屋敷《やしき》がみえました。

紙《かみ》しばい屋《や》は、大《おお》きなとびらをトントントンと三回《かい》たたきました。むこうからトントンと、二回返事《かいへんじ》がありました。もう一度《いちど》、トントントンとたたきます。

するとギイィととびらがあき、目《め》もとにざっくり傷《きず》のある大男《おおおとこ》が顔《かお》をだし、紙《かみ》しばい屋《や》をまねきいれたのです。

あっ、あいつは二十面相《めんそう》の……。

羽柴家《はしばけ》の仏像《ぶつぞう》をはこびだしにきた手下《てした》のひとりでした。トラックを運転《うんてん》していた男《おとこ》です。荷台《にだい》の飾《かざ》り棚《だな》にかくれながら、小林《こばやし》くんは、その顔《かお》を胸《むね》に焼《や》きつけていたので、よくおぼえていたのでした。

いったい二十面相《めんそう》は、こんどはなにをたくらんでいるんだろう？

小林《こばやし》くんの胸《むね》がひどくざわつきました。

7 怪人《かいじん》からの挑戦状《ちょうせんじょう》

明智探偵事務所《あけちたんていじむしょ》に帰《かえ》ってくると、顔《かお》なじみの警視庁《けいしちょう》の中村警部《なかむらけいぶ》がきていました。となりに、白髪頭《しらがあたま》の見《み》しらぬ男《おとこ》がすわっています。

「小林《こばやし》くん、おかえり、こちらは国立博物館《こくりつはくぶつかん》の館長《かんちょう》、**北大路博士《きたおおじはかせ》**です」

いつものお気《き》に入《い》りの揺《ゆ》りいすにすわり、長《なが》い脚《あし》をくんでいた明智先生《あけちせんせい》が、声《こえ》をかけてくれました。

小林《こばやし》くんはぺこりとおじぎをして、すぐにはっとしました。

「国立博物館《こくりつはくぶつかん》の館長《かんちょう》さん？　まさか、二十面相《めんそう》が？」

「あいかわらずさえているね、小林《こばやし》くんは。そのとおりだよ」

警部《けいぶ》がそういいながら、しかめつらをしています。

「二十面相《めんそう》は、こんどは**国立博物館**《こくりつはくぶつかん》をおそうと、予告状《よこくじょう》を警察《けいさつ》と博物館《はくぶつかん》にまで送《おく》ってきたのだよ」

しかもあてなは、明智小五郎《あけちこごろう》だというのです。

「先生《せんせい》に？」

「まあ、よんでみなさい」

警部《けいぶ》が渡《わた》してくれたのは、二十面相《めんそう》からのあらたな挑戦状《ちょうせんじょう》でした。

「明智小五郎《あけちこごろう》くん、つぎに参上《さんじょう》するのは、国立博物館《こくりつはくぶつかん》だ。日《ひ》にちは十二月十日《がつとおか》の午後《ごご》四時《じ》。いま、展示中《てんじちゅう》の特別展《とくべつてん》の国宝《こくほう》をすべていただくことにしよう。ふせげるものならふせいでみよ！

二十面相《めんそう》より」

これは、まさに明智先生《あけちせんせい》への挑戦状《ちょうせんじょう》です。

十二月十日《がつとおか》といえば、あと一週間《しゅうかん》しかありません。

「いま、博物館《はくぶつかん》では、国宝《こくほう》の美術品《びじゅつひん》を展示中《てんじちゅう》でして…。きっと二十面相《めんそう》のことですから、ふつうの人間《にんげん》の知恵《ちえ》では想像《そうぞう》もできないような、悪魔《あくま》のはかりごとをしているにちがいありません」

北大路博士《きたおおじはかせ》が、肩《かた》まで白髪《しらが》をふさふさゆらしながら、顔《かお》をくもらせると、中村警部《なかむらけいぶ》はからからと笑《わら》いました。

「博士《はかせ》は心配《しんぱい》しすぎなんですよ。だいたい、百点近《てんちか》くある美術品《びじゅつひん》を、一度《いちど》にいったいどうやって盗《ぬす》むというのだね？　ねえ、明智《あけち》さん」

「さあ…？」

明智先生《あけちせんせい》は、ちょっぴり笑顔《えがお》をうかべました。

「それにしても、この挑戦状《ちょうせんじょう》はなんだ。まるで、二十面相《めんそう》と対決《たいけつ》できるのは、明智《あけち》さんしかいないといわんばかりじゃないか。警察《けいさつ》をばかにするにもほどがある」

警部《けいぶ》はいまいましそうに下《した》くちびるをつきだしました。

警視総監《けいしそうかん》もたいそうご立腹《りっぷく》だそうで、

「こんなことをゆるしては警察《けいさつ》の恥《はじ》だ。わが国《くに》の国宝《こくほう》の美術品《びじゅつひん》は絵《え》一枚《まい》、彫刻《ちょうこく》ひとつたりとも盗《ぬす》まれてはならん」

と、じきじきに警部《けいぶ》にきびしく命《めい》じたそうです。

「ところが、館長《かんちょう》の北大路博士《きたおおじはかせ》が警察《けいさつ》では不安《ふあん》だ、やはり明智《あけち》さんに、どうしても捜査《そうさ》をおねがいしたいというので、こちらにおつれしたんだが……」

「そ、そんな不安《ふあん》ということではないのですが、国宝《こくほう》をなんとしても守《まも》るためには、明智《あけち》さんにもおいでいただいたほうが安心《あんしん》かと」

博士《はかせ》は汗《あせ》をふきながら、いいわけをしました。

「それでは、ぼくのほうでも少《すこ》し調《しら》べてみましょう」

明智先生《あけちせんせい》がいうと、警部《けいぶ》は肩《かた》をすくめました。

「どうぞご自由《じゆう》に。でも、まあ、こんどこそ、われら警察《けいさつ》が、やつをつかまえてみせますよ。どうか館長《かんちょう》もご安心《あんしん》を。明智《あけち》さんも、今《こん》回《かい》は出番《でばん》なしとなりそうですな、わははは」

中村警部《なかむらけいぶ》は、警察《けいさつ》の警備《けいび》にかなり自信《じしん》があるのか、館長《かんちょう》をうしろにしたがえて、さいごは元気《げんき》よく、事務所《じむしょ》から出《で》ていきました。

「ところで先生《せんせい》…」

小林《こばやし》くんは明智先生《あけちせんせい》に、あやしい紙《かみ》しばい屋《や》と、さっきみつけた二十面相《めんそう》のかくれ家《が》のことを話《はな》しました。まず先生《せんせい》に報告《ほうこく》を、と思《おも》って、警部《けいぶ》にはだまっていたのです。

明智先生《あけちせんせい》は、しばらく考《かんが》えこんでいましたが、小林《こばやし》くんにふっと笑《わら》いかけました。

「その紙《かみ》しばい屋《や》も、さっきの挑戦状《ちょうせんじょう》と関係《かんけい》があるはずだよ。警察《けいさつ》の目《め》を博物館《はくぶつかん》にひきつけておいて、ほかになにかたくらんでいるんだ。それなら、小林《こばやし》くん、こっちから先手《せんて》をうってやろう」

二十面相《めんそう》の動《うご》きがわからないうちは、そのかくれ家《が》のことも警察《けいさつ》にはひみつにしておこうと、先生《せんせい》はいいました。

「それで、先生《せんせい》は、なにをするつもりなんですか？」

「ぼくにまかせておきなさい。ただし、これから、いろんなことが起《お》きるだろう。でも、けっしてあわてないこと。じゃあ、友人《ゆうじん》のお芝居《しばい》をみにいくやくそくをしてるから、ちょっと出《で》てくるよ」

明智先生《あけちせんせい》はそういって立《た》ちあがり、コートをはおると楽《たの》しそうに出《で》かけていったのです。そして、もどってきたのはずいぶんおそく、真夜中《まよなか》に近《ちか》くなってからでした。

翌日《よくじつ》の昼近《ひるちか》くのことです。

ぼさぼさ頭《あたま》のひげづらの大男《おおおとこ》が、明智探偵事務所《あけちたんていじむしょ》からほうりだされるようにして、道《みち》にとびでてきました。

「ちくしょうっ、明智《あけち》のやつ、おぼえておけ！」

ひげ男《おとこ》は、こしをさすりさすり公園《こうえん》まで歩《ある》いてくると、ベンチで頭《あたま》をかかえました。

「ぶっころしてやりたい。けれど…どうしたもんか」

そのとき、いつものように紙《かみ》しばいの店《みせ》をだしていた男《おとこ》が、近《ちか》づいてきました。

「おい、おまえ、あの探偵《たんてい》をひどくうらんでるみたいじゃないか」

「ああ、あいつとは古《ふる》いつきあいさ。おいらは**赤井熊之助**《あかいくまのすけ》っていうんだ。もっとも友《とも》だちじゃねえよ。あいつのせいで何年《なんねん》も牢屋《ろうや》にいれられたんだ。で、やっと刑務所《けいむしょ》から出《で》られたんでお礼《れい》をしにきたんだよ。でも、このありさまだ。かなわねえよ」

「あ、明智《あけち》って、そんなに強《つよ》いのか？」

「あいつはボクシングも柔道《じゅうどう》もできるからな。前《まえ》に五人《にん》の強盗《ごうとう》をひとりでやっつけたってきいたことあるし」

「そ、そうか」

紙《かみ》しばい屋《や》はもう一度《いちど》あたりを見《み》まわし、声《こえ》をひそめました。

「その気《き》があるなら、おまえのうらみをはらしてやってもいいぞ」

「え、どうしようっていうんだ」

「いいから、ついてこい。おれのお頭《かしら》にあわせてやるからよ。うちのお頭《かしら》も、あそこの助手《じょしゅ》の子《こ》どもにひどいめにあわされて、探偵《たんてい》の明智小五郎《あけちこごろう》のことを、すごくうらんでるからな」

「そいつは、ほんとうかい？」

赤井《あかい》は目《め》をぱちくりさせながら、ひげだらけの顔《かお》をあげました。

その日《ひ》の午後《ごご》のことです。

白《しろ》いコートの若《わか》い女《おんな》が、探偵事務所《たんていじむしょ》を訪《たず》ねてきました。

「おとうさまの遺言状《ゆいごんじょう》がみつからずに、親《しん》せきじゅうからせめられてひどくこまってるの。どうか、いっしょにきて調《しら》べてください」

ハンカチで涙《なみだ》をふきふきしながらうったえられて、明智先生《あけちせんせい》もすっかり同情《どうじょう》したようです。

「わかりました。ゆうべ、おそくまで出歩《であ》いていたせいか風邪《かぜ》ぎみなのですが、そういうことならうかがいましょう」

明智先生《あけちせんせい》は、コホコホ咳《せき》をしながら、小林《こばやし》くんにささやきました。

「ぼくの、声《こえ》の調子《ちょうし》はどうかい？」

「うん、だいじょうぶだと思《おも》います」

「なら、よかった……では、小林《こばやし》くんもあとはたのんだよ」

「いってらっしゃい、先生《せんせい》。どうぞ気《き》をつけて」

玄関《げんかん》まで見《み》おくってもどってくると、テーブルを片《かた》づけていたアパートの大家《おおや》の娘《むすめ》の文代《ふみよ》さんが、すこしばかりむくれていました。

「二十面相《めんそう》との対決《たいけつ》が近《ちか》づいているというのに、こんな小《ちい》さな事件《じけん》、ほうっておけばよいのにね」

「先生《せんせい》は、事件《じけん》に小《ちい》さいも、大《おお》きいもないというよ」

「だからって…、きっと、いまのご婦人《ふじん》がおきれいだったからよ」

「ほんとすごい美人《びじん》だったたね。文代《ふみよ》さん、気《き》になるの？」

小林《こばやし》くんがにやにやしながらきくと、

「ぜんぜん」

文代《ふみよ》さんは、ぷっと口《くち》をふくらませたまま、そこかしこにはたきをぱたぱたかけはじめるのでした。

でも、その夜《よる》、明智先生《あけちせんせい》は帰《かえ》ってこなかったのです。

こんなことこれまで一度《いちど》もありませんでした。

そして――どうやら先生《せんせい》がさらわれたらしいという情報《じょうほう》が、中村《なかむら》警部《けいぶ》からあったのは、つぎの日《ひ》の昼《ひる》ごろでした。

「先生《せんせい》は、あの白《しろ》いコートの女《おんな》の人《ひと》といるところを、青山墓地《あおやまぼち》の近《ちか》くで、何人《なんにん》かの男《おとこ》におそわれて車《くるま》につれこまれたんだって」

そのなかに、きのう、事務所《じむしょ》にどなりこんできたもじゃもじゃのひげ男《おとこ》がまじっていたようだというと、文代《ふみよ》さんは青《あお》い顔《かお》をして口《くち》をおさえました。

「まあ、あの白《しろ》いコートの女《おんな》の人《ひと》もまきこまれたのかしら」

「いや、あの女の人《おんなひと》がのこしていた住所《じゅうしょ》にいってみたんだけど、でたらめで、そこは交番《こうばん》だったんだよ。きっと二十面相《めんそう》にさらわれたんだ。先生《せんせい》のこと、ひどくうらんでたからね」

「明智《あけち》さん、ひどいめにあってるのかしら」

「たぶんね」

「だったら、なんで、小林《こばやし》くんは、そんなに落《お》ちついているの？」

「二十面相《めんそう》は人《ひと》を殺《ころ》したり、けがをさせるのはきらいだから、殺《ころ》されることはないと思《おも》うんだ」

小林《こばやし》くんは、案外《あんがい》、平気《へいき》そうな顔《かお》で、文代《ふみよ》さんがつくってきてくれた夜食《やしょく》のいなりずしを、ほおばっているのでした。

8 消《き》えた名探偵《めいたんてい》

怪人《かいじん》二十面相《めんそう》から予告《よこく》のあった十二月十日《がつとおか》の午後《ごご》、国立博物館《こくりつはくぶつかん》までやってきた小林《こばやし》くんは、正門《せいもん》で警備《けいび》の指揮《しき》をしている中村警部《なかむらけいぶ》をみつけて、走《はし》っていきました。

もちろん博物館《はくぶつかん》は臨時《りんじ》の休館《きゅうかん》で、一般《いっぱん》のお客《きゃく》はだれもいません。

「ああ、小林《こばやし》くん、明智《あけち》さんはまだもどられませんか」

博物館《はくぶつかん》の館長《かんちょう》、北大路博士《きたおおじはかせ》が心配《しんぱい》そうに声《こえ》をかけてくれました。

「はい……」

「そうか…さすがの名探偵《めいたんてい》も、今回《こんかい》ばかりはまにあわないかもしれ

んな。しかし、みたまえ、これだけ警察《けいさつ》が出《で》ているのだ。いくら二十面相《めんそう》でも、さすがに手《て》だしはできなんだろう」

中村警部《なかむらけいぶ》はそういうと、小林《こばやし》くんの両肩《りょうかた》に手《て》をおきました。

国立博物館《こくりつはくぶつかん》の周辺《しゅうへん》にはたくさんのパトカーがとまって、何百人《なんびゃくにん》もの警察官《けいさつかん》が、門《もん》という門《もん》や、へいのまわりでがんばっていて、それこそアリの入《はい》るすきまもありません。しかも博物館《はくぶつかん》の館内《かんない》も、この日《ひ》は、朝《あさ》から、守衛《しゅえい》たちが館内《かんない》をパトロールしているそうです。

「では、ぼくも少《すこ》し外《そと》を見《み》まわってきてもよいですか？」

小林《こばやし》くんがきくと、警部《けいぶ》はきげんよさそうにうなずきました。

「ああ、いっておいで」

博物館《はくぶつかん》のうらまでくると、ぴゅぴゅうと口笛《くちぶえ》がきこえました。

工事現場《こうじげんば》のがれきのかげから、少年探偵団《しょうねんたんていだん》の井上《いのうえ》とのろちゃんが手《て》をふっています。

ちょうど博物館《はくぶつかん》では改《かい》そう工事《こうじ》がすすめられていて、南館《みなみかん》の一部《いちぶ》が取《と》りこわされているのでした。数人《すうにん》の作業員《さぎょういん》たちが、トラックの荷台《にだい》に段《だん》ボールや、布《ぬの》にくるんだ古材《ふるざい》をせっせとつみあげています。

「明智先生《あけちせんせい》からなにか連絡《れんらく》があった？」

小林《こばやし》くんが井上《いのうえ》にききました。

ここで、みんなに秘密《ひみつ》で会《あ》いたいと、朝《あさ》、先生《せんせい》のメモがポストに入《はい》っていたのです。

それで少年探偵団《しょうねんたんていだん》のふたりにまっていてもらったのでした。

「いや、なにも。ほんとうにこんなとこにくるの？」

井上《いのうえ》がうたがわしそうにあたりを見《み》まわしました。

この南館《みなみかん》は二十面相《めんそう》がおそうと予告《よこく》してきた本館《ほんかん》とは、建物《たてもの》がちがうし、警備《けいび》の警察官《けいさつかん》も出《で》ていません。

と、そのとき、工事現場《こうじげんば》のほうから、怒鳴《どな》り声《ごえ》がしました。

「こらあ、そこのガキども、こんなとこで遊《あそ》ぶな！」

みれば、ひげもじゃの大男《おおおとこ》が

どすどす近《ちか》づいてきます。

「ひゃあ、ごめんなさい！」

のろちゃんがとびあがりました。

「じゃまだから、さっさとあっちへいけ！」

ひげ男《おとこ》は、小林《こばやし》くんをじろりとにらみつけ、なぜかほんの一瞬《いっしゅん》、白《しろ》い歯《は》をみせると、肩《かた》をゆすりながら、もどっていきました。

どこか見《み》おぼえのある顔《かお》です。

あ、赤井熊之助《あかいくまのすけ》だ！　小林《こばやし》くんはどきっとしました。

二十面相《めんそう》の手下《てした》たちと、明智先生《あけちせんせい》をさらったのではとうたがわれている男《おとこ》です。

と、そのとき、ガチャッとひげ男《おとこ》のポケットから、なにかがころげ落《お》ちたのです。それは、トラックのカギのたばでした。

「ばかだな。あいつ、こんな大事《だいじ》なもの落《お》として…これがなきゃ、工事《こうじ》のトラックうごかないぞ、かえしにいくか？」

井上《いのうえ》がいうと、のろちゃんは首《くび》をよこにふりました。

「えー、やだよ、あの人《ひと》おっかなすぎるもん」

「いや、このカギは、ぼくがあずかっておくよ」

小林《こばやし》くんは、そういって工事現場《こうじげんば》をもう一度《いちど》みました。

さっきのひげ男《おとこ》が、トラックの荷台《にだい》でほかの作業員《さぎょういん》にまじって、いそがしそうにはたらいているのでした。

「あ、そろそろ午後《ごご》四時《じ》だね、ぼくいかなきゃ」

小林《こばやし》くんがいうと、井上《いのうえ》はあわててたずねました。

「明智先生《あけちせんせい》をまっていなくていいのか？」

「うん、もう会《あ》ったからね」

「え、え、え、どういうこと？」

のろちゃんが目《め》をぱちくりさせました。

9 二十面《めん》相《そう》の魔《ま》術《じゅつ》

二十面相《めんそう》が、国宝《こくほう》の美術品《びじゅつひん》を盗《ぬす》みだすと予告《よこく》した時間《じかん》が刻一刻《こくいっこく》とせまってきました。小林《こばやし》くんが展示室《てんじしつ》にあらわれると、中村警部《なかむらけいぶ》と館長《かんちょう》の北大路博士《きたおおじはかせ》が、陳列《ちんれつ》ケースの前《まえ》に立《た》っていました。

「まだ二十面相《めんそう》はあらわれない。さすがの怪人《かいじん》も、この警備《けいび》をみて、おそろしくなってにげだしてしまったかもな」

中村警部《なかむらけいぶ》がうなるようにいうと、館長《かんちょう》が首《くび》をふりました。

「油断《ゆだん》は大敵《たいてき》ですぞ。なにしろ相手《あいて》は二十面相《めんそう》ですからな」

「いやいやいや、ほら、もうすぐ午後《ごご》四時《じ》だ。3、2、1…」

うで時計《どけい》をみながら、警部《けいぶ》が秒針《びょうしん》を数《かぞ》えはじめます。

ついに――

ボーン、ボーン、ボーン、ボーン

通路《つうろ》におかれた柱時計《はしらどけい》が四つ、時《とき》を知《し》らせました。

「ほらね」

中村警部《なかむらけいぶ》はにっこり笑《わら》って、みんなの前《まえ》で優雅《ゆうが》におじぎまでしてみせました。

「とうとう二十面相《めんそう》はあらわれなかったではないか。しかも美術品《びじゅつひん》はひとつのこらず展示《てんじ》されたままだ」

中村警部《なかむらけいぶ》のその言葉《ことば》がおわるかおらないかのうちに、通路《つうろ》によく通《とお》る声《こえ》がひびきました。

「それはほんとうでしょうか?」

「あ、明智《あけち》……さん」

館長《かんちょう》の北大路博士《きたおおじはかせ》がとびあがりました。

むこうから明智先生《あけちせんせい》がゆっくり歩《ある》いてきます。

「ぶ、無事《ぶじ》だったのですね」

「ええ、なんとかにげだすことができました」

明智先生《あけちせんせい》は、小林《こばやし》くんに小《ちい》さく手《て》であいずしてから、

「ところで警部《けいぶ》、二十面相《めんそう》は、襲撃《しゅうげき》を予告《よこく》して守《まも》らなかったことがありますか?」

「なにをいうんだね、明智《あけち》さん」

中村警部《なかむらけいぶ》は苦笑《にがわら》いしました。

「いや、しかしこんどばかりはあきらめたのだろう」

「ぼくはそう思《おも》えません。だってすっかり盗《ぬす》まれてしまったじゃないですか！」

「ばかばかしい、絵《え》も彫刻《ちょうこく》も目《め》の前《まえ》にちゃんとあるではないか？」

中村警部《なかむらけいぶ》はよくみるがいいとばかりに両手《りょうて》をひろげました。

「それなら、どうぞたしかめて

ください」

明智先生《あけちせんせい》にいわれて、館長《かんちょう》の北大路博士《きたおおじはかせ》はすぐ近《ちか》くの絵画《かいが》をみつめて、うっとうめきました。

「**こ、これはニセモノだ**」

「こっちもです。これもあれもそれも、ぜんぶニセモノにすりかわっています」

展示室《てんじしつ》にあつまっていた学芸員《がくげいいん》たちも、通路《つうろ》を走《はし》りまわって、悲痛《ひつう》な声《こえ》をあげました。

「信《しん》じらない……こんなことって」

北大路博士《きたおおじはかせ》は、そのままへなへなとうしろのソファにたおれこんでしまいました。

「いったいどういうことだね。きみたちはどうして持《も》ち場《ば》をはなれたりしたのだ！」

中村警部《なかむらけいぶ》はすぐに守衛長《しゅえいちょう》をよびつけました。

「いいえ、わたしたちは、朝《あさ》からずっとここにおりました。あやしい人影《ひとかげ》は一度《いちど》もみておりません」

「そんなことあるものか。では、午後《ごご》四時《じ》の時報《じほう》とともに、ひとりでに絵《え》や彫刻《ちょうこく》が入《い》れかわったというのかね」

「はい…そうとしか考《かんが》えられません」

「こ、これが二十面相《めんそう》の魔術《まじゅつ》なのか…おそろしい」

北大路博士《きたおおじはかせ》は両手《りょうて》で頭《あたま》をかかえました。

「いや、どうか心配《しんぱい》なさらずに」

明智先生《あけちせんせい》は、博士《はかせ》の背中《せなか》をやさしくさすりながらいいました。

「国宝《こくほう》の美術品《びじゅつひん》はすでに取《と》りもどしましたから」

博士《はかせ》が、おどろいたように顔《かお》をあげました。

「そ、それは、ほ、ほんとうか……」

「どういうことだね、明智《あけち》さん」

中村警部《なかむらけいぶ》がきつねにつままれたように目《め》をぱちくりさせました。

「美術品《びじゅつひん》は、ほら、あそこのトラックのなかにあります」

明智先生《あけちせんせい》の指《ゆび》が、すうっと窓《まど》の外《そと》をさしました。

いまさっき、小林《こばやし》くんがのぞきにいった工事現場《こうじげんば》です。

「えっ……あ、あれは、たしかこわした建物《たてもの》の古材《ふるざい》をはこばせているのではなかったかな」

中村警部《なかむらけいぶ》がいうと、館長《かんちょう》の博士《はかせ》はうなずきました。

「ええ、まあ、でもとっくに輸送《ゆそう》をはじめているはずですが…」

博士《はかせ》がうめくようにいうと、小林《こばやし》くんがポケットからカギをだしてみせました。さっきひげ男《おとこ》の赤井《あかい》が落《お》としていったものです。

「これがないとトラックはうごきませんよ」

「警部《けいぶ》、はやく部下《ぶか》たちに命《めい》じて、あのトラックの荷台《にだい》を調《しら》べてください。あそこに国宝《こくほう》の美術品《びじゅつひん》がまんさいされてますから」

「ほお、それはよかった」

館長《かんちょう》の北大路博士《きたおおじはかせ》がつぶやきました。

「ちっともよくないでしょう。あのトラックに宝物《たからもの》をつみこんだのはみなあなたの部下《ぶか》たちですからね」

明智先生《あけちせんせい》に肩《かた》をおさえられた北大路博士《きたおおじはかせ》の目《め》が、剃刀《かみそり》のようにほそくなりました。

「はあ？　館長《かんちょう》どういうことです？」

「中村警部《なかむらけいぶ》、**こいつが二十面相《めんそう》です**」

そのとたん、老博士《ろうはかせ》はとつぜん動物《どうぶつ》のようなしなやかな動《うご》きで走《はし》りだそうとして、いきなり、もんどりうちました。

小林《こばやし》くんが、足《あし》をさっとつきだしたからです。

床《ゆか》にぶざまにひっくりかえった老博士《ろうはかせ》の髪《かみ》を、小林《こばやし》くんがひっぱると、すぽっとかつらがぬげてなかから、目鼻立《めはなだ》ちのととおった青年《せいねん》の顔《かお》があらわれました。

それをみた係長《かかりちょう》は、はっとわれにかえって、部下《ぶか》たちにさけびました。

「それ、カクホだ。二十面相《めんそう》を逮捕《たいほ》しろ！」

「それにしても、まさか二十面相《めんそう》が北大路博士《きたおおじはかせ》にばけていたとは、いやはや、いったいどうなっているんだね」

中村警部《なかむらけいぶ》はまだ信《しん》じられないという顔《かお》をしています。

「もとはといえばこの子《こ》たちのおてがらですよ」

明智先生《あけちせんせい》は小林《こばやし》くんや、少年探偵団《しょうねんたんていだん》の井上《いのうえ》やのろちゃんたちにほほえみかけました。

井上《いのうえ》が、公園《こうえん》で探偵事務所《たんていじむしょ》をうかがっているあやしい紙《かみ》しばい屋《や》をみつけ、小林《こばやし》くんに知《し》らせたことがはじまりでした。

二十面相《めんそう》がなにかたくらんでいるのにちがいありません。それなら先手《せんて》をうって、自分《じぶん》から敵《てき》のふところにもぐりこんでみようと明《あけ》智先生《ちせんせい》は、思《おも》ったのです。そこで自分《じぶん》を憎《にく》む男《おとこ》をわざとつくりだし、その男《おとこ》になりすまし、紙《かみ》しばい屋《や》に近《ちか》づいてみたのです。

「まさか、それで自分《じぶん》で自分《じぶん》をさらうことになるとは思《おも》いもしませんでしたが」

先生《せんせい》は赤井熊之助《あかいくまのすけ》になって、二十面相《めんそう》の手下《てした》たちといっしょに、つまり明智小五郎《あけちこごろう》をゆうかいしたのでした。

「ちょっとまってくれ…で、明智《あけち》さんがさらったという、そのもうひとりの明智《あけち》さんは何者《なにもの》かね」

「はは、それは学生時代《がくせいじだい》の友人《ゆうじん》で、舞台《ぶたい》で役者《やくしゃ》をやっている赤井《あかい》くんですよ。もともとぼくらはよく似《に》ているといわれて、学生《がくせい》のころいっしょに舞台《ぶたい》に立《た》っていたこともあるんです」

それに、明智先生《あけちせんせい》は、二十面相《めんそう》とは一度《いちど》すれちがったきりですから、よく似《に》ている男《おとこ》ならうたがわれることはないと思《おも》ったのでした。

「この二十面相《めんそう》の計画《けいかく》は、種《たね》を明《あ》かせば、となりの工事現場《こうじげんば》の改《かい》そう工事《こうじ》をつかったトリックでした」

工事《こうじ》をはじめるとき、ニセモノの美術品《びじゅつひん》を、工事《こうじ》の工具《こうぐ》や材料《ざいりょう》といっしょにさきにはこばせておき、昨夜《さくや》、しのびこんでいっせいに取《と》りかえてしまったのです。工事《こうじ》をしている労働者《ろうどうしゃ》たちも、もちろん、みな二十面相《めんそう》の手下《てした》でした。

ほんものの博士《はかせ》は、きのう二十面相《めんそう》たちにつかまってしまったのですが、先生《せんせい》がすでに救出《きゅうしゅつ》したそうです。

「それにしても、なんで午後《ごご》四時《じ》なんて時刻《じこく》に盗《ぬす》みだす予告《よこく》をしたのかね」

中村警部《なかむらけいぶ》にいわれて、先生《せんせい》はこたえました。

「その時間《じかん》にしか、あやしまれずに工事《こうじ》のトラックが荷物《にもつ》をはこびだせなかったからですよ」

博物館《はくぶつかん》のうらの路地《ろじ》はせまく、トラックが出入《でい》りするためにはあらかじめ決《き》められた時刻《じこく》の通行許可《つうこうきょか》が必要《ひつよう》でした。それがこの日《ひ》の午後四時《ごごじ》だったのです。

「それで、万一《まんいち》にそなえて、小林《こばやし》くんと連絡《れんらく》をとり、トラックがうごかないよう、カギを少年探偵団《しょうねんたんていだん》にあずけたんだ」

「二十面相《めんそう》がねらっているのは本館《ほんかん》の展示品《てんじひん》だから、警察《けいさつ》も、まさか取《と》りこわし中《ちゅう》の工事現場《こうじげんば》までは警備《けいび》しないと思《おも》ったんだな」

中村警部《なかむらけいぶ》がにらみつけると、怪人《かいじん》二十面相《めんそう》は、にやっと不敵《ふてき》に笑《わら》いました。

「そのとおりだよ、明智小五郎《あけちこごろう》くん、きみが、あの赤井《あかい》にばけていたとはね、まさか思《おも》わなかった。今回《こんかい》はさすがにこの二十面相《めんそう》の負《ま》けだ。またいつか会《あ》おう。楽《たの》しみにしている」

「何年先《なんねんさき》になるかわからないけれどね」

明智先生《あけちせんせい》が笑顔《えがお》でかえしました。

「おまえのやった悪事《あくじ》の数々《かずかず》を考《かんが》えると、それはずいぶんさきの話《はなし》だろうよ。まずは本庁《ほんちょう》で取《と》り調《しら》べだ」

中村警部《なかむらけいぶ》は、二十面相《めんそう》をパトカーに乗《の》せると、こんどはにがさないとばかりに自分《じぶん》もとなりにすわって、小林《こばやし》くんたちに敬礼《けいれい》しました。

「今回《こんかい》も捜査《そうさ》にご協力《きょうりょく》いただき、まことにありがとうございました」

サイレンを鳴《な》りひびかせながら、二十面相《めんそう》を乗《の》せたパトカーを先頭《せんとう》に、つぎつぎに警察《けいさつ》の車《くるま》が博物館《はくぶつかん》から出《で》ていきます。

のろちゃんがむこうから走《はし》ってきて、

「さっきおまわりさんが、少年《しょうねん》探偵団《たんていだん》が表彰《ひょうしょう》されるって教《おし》えてくれたよ。すごいなあ、学校《がっこう》で人気者《にんきもの》になっちゃうよ」

「なにそれ、はずかしいんだけど」

井上《いのうえ》はてれたように、メガネのふちをおさえています。

「先生《せんせい》、これでおしまいですね」

小林《こばやし》くんは明智先生《あけちせんせい》の顔《かお》を見《み》

あげました。

「それはどうかな。あいつのかくれ家《が》を、調《しら》べてみたんだ。盗《ぬす》みに入《はい》るときの準備《じゅんび》やしかけはとほうもないものだった。二十面相《めんそう》のことだ。きっとなにかの方法《ほうほう》で牢屋《ろうや》から脱獄《だつごく》してくるにちがいない」

「ほんとうですか？」

「ああ、これが、明智探偵事務所《あけちたんていじむしょ》と二十面相《めんそう》の対決《たいけつ》のはじまりのような気《き》がするよ」

そんな明智先生《あけちせんせい》の言葉《ことば》をききながら、小林《こばやし》くんは、遠《とお》ざかるパトカーのサイレンに耳《みみ》をかたむけるのでした。

物語《ものがたり》と作者《さくしゃ》について

少年《しょうねん》探偵《たんてい》・小林《こばやし》くんは、永遠《えいえん》のアイドル

文《ぶん》／那須田《なすだ》 淳《じゅん》

親《おや》のない小林《こばやし》くんは、名探偵《めいたんてい》・明智小五郎先生《あけちこごろうせんせい》にひきとられ、子《こ》どもながら探偵助手《たんていじょしゅ》として暮《く》らしています。そんなある日《ひ》、小林《こばやし》くんが留守番《るすばん》していると、ジリリンと探偵事務所《たんていじむしょ》の電話《でんわ》が鳴《な》ります。

どうやら宝石《ほうせき》や美術品《びじゅつひん》ばかりをねらう怪人《かいじん》二十面相《めんそう》に、家宝《かほう》のダイヤモンドが盗《ぬす》まれ、子《こ》どもまで誘拐《ゆうかい》されたというのです。そこで小林《こばやし》くんは、ひとりで捜査《そうさ》に乗《の》り出《だ》すことに……。これが、変装《へんそう》の名人《めいじん》で変幻自在《へんげんじざい》に化《ば》けてしまう怪《かい》人《じん》二十面相《めんそう》と、明智小五郎《あけちこごろう》&《アンド》助手《じょしゅ》の小林《こばやし》くんひきいる少年探偵団《しょうねんたんていだん》の華麗《かれい》なる対《たい》決《けつ》の始《はじ》まりでした。

作者《さくしゃ》の江戸川乱歩《えどがわらんぽ》は、一八九四年《ねん》に生《う》まれ、ミステリー作家《さっか》として活躍《かつやく》しま

した。江戸川乱歩《えどがわらんぽ》というのはペンネームで、エドガー・アラン・ポーというアメリカの作家《さっか》にちなんでつけられたものです。ポーは、コナン・ドイルが「名探偵《めいたんてい》シャーロック・ホームズ」を書《か》くときに参考《さんこう》にしたといわれる巨匠《きょしょう》ですが、乱歩《らんぽ》も「名探偵《めいたんてい》・明智小五郎《あけちこごろう》」で、日本《にほん》の探偵小説《たんていしょうせつ》に大《おお》きな影響《えいきょう》をあたえました。

この「怪人《かいじん》二十面《めん》相《そう》」も、明智小五郎《あけちこごろう》が活躍《かつやく》する話《はなし》ですが、相棒《あいぼう》として小林《こばやし》少年《しょうねん》を登場《とうじょう》させた子《こ》ども向《む》けのお話《はなし》になっています。

今《いま》から八十年《ねん》ほど前《まえ》に少年《しょうねん》向《む》け雑誌《ざっし》『少年倶楽部《しょうねんくらぶ》』に連載《れんさい》されるや、たちまち子《こ》どもたちを熱狂《ねっきょう》させ、大人気《だいにんき》となりました。少年探偵《しょうねんたんてい》ものの名作中《めいさくちゅう》の名作《めいさく》でしょう。

小林《こばやし》くんが子《こ》どもなのに護身用《ごしんよう》にピストルを持《も》っていたり、携帯電話《けいたいでんわ》がなかったりするのは、書《か》かれたのがそんな昔《むかし》だったからということを頭《あたま》のすみっこにいれておいてくださいね。

「先生《せんせい》が教《おし》えてくれた通《とお》りにやれば……。

ぼくだって、きっと事件《じけん》を解決《かいけつ》できるはず！」

子《こ》どもの小林《こばやし》くんはそういって、大人《おとな》にまじって怪人《かいじん》二十面相《めんそう》がしかける数々《かずかず》のトリックにいどんでいきます。はらはらしながらも、こんなわくわくする物語《ものがたり》はないでしょう。勇気《ゆうき》を出《だ》して知恵《ちえ》をはたらかせれば大人《おとな》にも負《ま》けない、そんな小林《こばやし》くんに、いつの時代《じだい》の子《こ》どもたちもあこがれました。子《こ》どもたちの永遠《えいえん》のアイドルとして、何十年《なんじゅうねん》ものあいだこの物語《ものがたり》は読《よ》みつがれてきたのだと思《おも》います。

おしえてビリギャル先生《せんせい》!! 読《どく》書《しょ》感《かん》想《そう》文《ぶん》の書《か》きかた

坪《つぼ》田《た》信《のぶ》貴《たか》

1 ワクワク読《よ》みをしよう！

「読書感想文《どくしょかんそうぶん》を書《か》くために読《よ》む」とか「宿題《しゅくだい》だから」じゃなくて、まずは楽《たの》しく本《ほん》を読《よ》もう。今《いま》まで考《かんが》えたこともなかったようなふしぎな世界《せかい》がまってるよ。そして読《よ》む前《まえ》とくらべて、ずーっと世界《せかい》が広《ひろ》がって、頭《あたま》もよくなっているんだ。そんなすがたを想《そう》像《ぞう》してワクワクしながら読《よ》もう。

2 おもしろかったこと決定戦《けっていせん》！

本《ほん》を読《よ》みおえたら、なにがおもしろかったか（印《いん》象《しょう》にのこったか）考《かんが》えてみよう。セリフでも、なんでもいいから、本《ほん》を見《み》ないで紙《かみ》に書《か》きだしてみて。おわったら、こんどは本《ほん》をめくりながら、「ああ、これもおもしろかった」というのをあらためて書《か》こう。「一番《いちばん》」おもしろかったこと決定戦《けっていせん》をするんだ。

3 作戦《さくせん》をたてる（下書《した》きをする）！

感想文《かんそうぶん》は、4つの段落《だんらく》にわけて書《か》くとうまくいくよ。【第《だい》一段落《だんらく》】は、この本《ほん》を読《よ》むきっかけや、そのときの出来事《できごと》。【第《だい》二段落《だんらく》】は、あらすじ。【第《だい》三段落《だんらく》】は、2で決《き》めた一番《いちばん》おもしろかった（心《こころ》にのこった）こと。【第《だい》四段落《だんらく》】は、この本《ほん》を読《よ》んで、どんなことに気《き》づいたか、どんなことを学《まな》んだか、世界《せかい》がどう広《ひろ》がったか、自分《じぶん》がどうかわったか。

それぞれの段落《だんらく》に書《か》くことを、メモするようにかんたんに下書《した》きしよう。

下書《したが》き

- この本《ほん》に出会《であ》ったきっかけは？
  しょうらい探偵《たんてい》になって、事件《じけん》をかいけつしたいから読《よ》んでみた！
- この本《ほん》のあらすじは？
  少年探偵《しょうねんたんてい》・小林《こばやし》くんと名探偵《めいたんてい》・明智《あけち》先生《せんせい》が怪人《かいじん》二十面相《めんそう》の事件《じけん》にいどむ
- 一番心《いちばんこころ》にのこったところは？
  明智先生《あけちせんせい》がさらわれたのに、小林《こばやし》くんがいなりずしをほおばってるところ。先生《せんせい》の作戦《さくせん》をわかって、信《しん》じてたんだ
- この本《ほん》を読《よ》んで自分《じぶん》はどうかわった？
  ぼくも明智先生《あけちせんせい》みたいに、子《こ》どもに信《しん》らいされる大人《おとな》になりたいと思《おも》った

4 作家《さっか》になったつもりで書《か》いてみよう！

ここからが本番《ほんばん》だ。まずは「タイトル」決《ぎ》め。みんなが「お！」と思《おも》うようなオリジナルのタイトルをつけてみよう。そして、【一文目《ぶんめ》】がすごく大事《だいじ》。自分《じぶん》が作家《さっか》の先生《せんせい》になったつもりで命《いのち》がけで書《か》いてみよう。

ぼくも名探偵《めいたんてい》になりたい！『怪人《かいじん》二十面相《めんそう》と少年探偵団《しょうねんたんていだん》』

一年《ねん》二組《くみ》　小林《こばやし》よしお

ぼくは毎日《まいにち》、神社《じんじゃ》でおねがいしてることがある。それは、しょうらい探偵《たんてい》になりたいってことだ。だから、この本《ほん》を本屋《ほんや》さんでみたとき、子《こ》どもでも探偵《たんてい》になれるんだっておどろいた。

この本《ほん》は、少年探偵《しょうねんたんてい》・小林《こばやし》くんと名探偵《めいたんてい》・明智先生《あけちせんせい》が怪《かい》人《じん》二十面相《めんそう》の事件《じけん》にいどむお話《はなし》。

一番心《いちばんこころ》にのこったのは、明智先生《あけちせんせい》がわるいやつらにさらわれたのに、小林《こばやし》くんがいなりずしをほおばってるところだ。あのとき小林《こばやし》くんは、先生《せんせい》の作戦《さくせん》をわかって信《しん》じてたんだと思《おも》う。だから平気《へいき》だったんだ。それってすごくない？

この本《ほん》を読《よ》んで、ぼくも明智先生《あけちせんせい》みたいに信《しん》らいされる大人《おとな》になりたいと思《おも》った。それで名探偵《めいたんてい》になるんだ！

5 さいごに読《よ》みかえそう！

さいごに自分《じぶん》の書《か》いた文章《ぶんしょう》を読《よ》みかえしてみよう。その感想文《かんそうぶん》を読《よ》む人《ひと》の気持《きも》ちを考《かんが》えながら、読《よ》みかえして、より楽《たの》しく読《よ》んでもらえる表現《ひょうげん》はないか、まちがった言葉《ことば》はないかなどを考《かんが》えてみよう。

これで、もうあなたも感想文《かんそうぶん》マスターです。どんどん本《ほん》を読《よ》んで感想文《かんそうぶん》を書《か》いてみてくださいね。

もっとくわしく知《し》りたい人《ひと》は…

「100年後《ねんご》も読《よ》まれる名作《めいさく》」のHP《ホームページ》で、ビリギャル先生《せんせい》が教《おし》える動画《どうが》が見《み》られるよ！↓

http://www.kadokawa.co.jp/pr/b2/100nen/

おうちの方へ

いま、100年後も読まれる名作を読むこと

坪田信貴（坪田塾・N塾代表）

映画にもなったビリギャル＝『学年ビリのギャルが１年で偏差値を40上げて慶應大学に現役合格した話』著者。自身の塾で1300人以上の生徒の偏差値を急激にのばしてきたカリスマ塾講師。

●「正解」のない人生。しかし一つ、「正解」があります

世の中に「つねに正解」というものはなかなかありません。しかし、本書をお子さんが手に取り、何度も読むとしたら、それはまちがいなく「正解」です。

ぼくは、１３００人以上の子どもたち一人ひとりを「子別」指導してきたこれまでの経験と理論から、この「100年後も読まれる名作」シリーズを監修しました。その上で、この本を強烈に推薦させていただきたいと思います。

●人生は、名作に出会うことで大きく変わる

そもそも人生は、〝だれと出会うか〟によって決まります。

そして、その「だれ」が、「〝良質なもの〟にたくさんふれてきた人」や「〝良質なもの〟を生み出したその本人」であれば、人生はよりよきものになります。

では、〝良質なもの〟とはなんでしょう？――それこそが、本シリーズが「この物語なら100年後も読まれているだろう」と厳選した名作です。

名作と呼ばれる物語は、人類にとって、普遍的に価値があるものです。

読書をすることで、そんな価値あるものを生み出した天才である作者の頭の中をのぞき、その作者と対話できるのです。

若くして名作に出会うことは、若くして歴史上の天才たちと語らうことなのです。

●名作に出会わせることが、子どもの底力を作る

国語の能力は、今後の受験勉強をふくめたすべての学習の基礎となります。

若くして名作の名文にふれることで、語彙がふえ、読む力が高まり、想像力がゆたかになり、数多くのすばらしい表現を学べます。

なによりすぐれているのは、それを「何度でも」、好きなときに学べることです。

古今東西で評価されてきた名作を好きになり、何度も読みかえすことは、とても自然なことで、それを通じて、「勉強を復習する習慣」も身につきます。

しかも本シリーズは、現代の子どもたちが好むイラストをふんだんに掲載し、お子さんが想像力や発想力を育むことを楽しく手助けしてくれます。そして、活字が苦手な子でも「読書が楽しく」なるよう、日本トップクラスの翻訳者・作家が、細心の配慮をもって執筆しています。

お子さんが、小学生のうちに「読みやすく、楽しい名作」で読書の虫になれば、きっとそのお子さんの人生は名作をなぞり、その人生が名作となります。

そして良書をあたえることができた親御さんや先生は、そのきっかけを生み出した作者となれるのです。

ぜひ本書で、お子さんたちに、歴史上の天才たちと対話をしていただければ、と考えます。

つぎに出《で》る名作《めいさく》は…

100年後《ねんご》も読《よ》まれる名作《めいさく》 5

ドリトル先生航海記《せんせいこうかいき》

作／ヒュー・ロフティング　編訳／河合祥一郎《かわいしょういちろう》
絵／patty《パティ》　監修／坪田信貴《つぼたのぶたか》

制作《せいさく》とちゅうのカバーです。発売時《はつばいじ》には変更《へんこう》されます。

2017年
9月15日
発売予定

ドリトル先生《せんせい》は動物《どうぶつ》と話《はな》せる、世界《せかい》でただひとりのお医者《いしゃ》さん。行方不明《ゆくえふめい》の大博物学者《だいはくぶつがくしゃ》をさがすために、助手《じょしゅ》のトミー少年《しょうねん》やなかよしの動物《どうぶつ》たちと船《ふね》に乗《の》り、浮《う》かぶ島《しま》クモザル島《とう》をめざしますが…

二十面相

びんぼうだけど、動物《どうぶつ》に大人気《だいにんき》なお医者《いしゃ》さんドリトル先生《せんせい》のお話《はなし》だ。ニューベリー賞《しょう》も受賞《じゅしょう》した名作中《めいさくちゅう》の名作《めいさく》で、日本《にほん》でもとくに人気《にんき》がたかいぞ。ハチャメチャなうえに楽《たの》しくて、読《よ》んで損《そん》はない。

100年後《ねんご》も読《よ》まれる名作《めいさく》

発売中

① ふしぎの国《くに》のアリス

② かがみの国《くに》のアリス

③ 美女《びじょ》と野獣《やじゅう》

④ 怪人《かいじん》二十面相《にじゅうめんそう》と少年探偵団《しょうねんたんていだん》

くわしくは公式《こうしき》ホームページで!　http://www.kadokawa.co.jp/pr/b2/100nen/

笑《わら》い猫《ねこ》の5分《ふん》間《かん》怪《かい》談《だん》

発売中

①幽霊《ゆうれい》からの宿題《しゅくだい》
②真夏《まなつ》の怪談《かいだん》列車《れっしゃ》
③ホラーな先生《せんせい》特集《とくしゅう》
④真冬《まふゆ》の失恋《しつれん》怪談《かいだん》
⑤恐怖《きょうふ》の化《ば》け猫《ねこ》遊園地《ゆうえんち》
⑥死者《ししゃ》たちの深夜《しんや》TV《テレビ》
⑦呪《のろ》われた学級《がっきゅう》裁判《さいばん》
⑧悪夢《あくむ》の化《ば》け猫《ねこ》寿司《ずし》
⑨時《とき》をかける怪談《かいだん》デート
⑩恋《こい》する地獄《じごく》めぐり
⑪失恋《しつれん》小説家《しょうせつか》と猫《ねこ》ゾンビ

責任編集／那須田 淳　絵／okama
B6変型判　①〜⑪巻 各定価（本体600円＋税）

笑い猫（チェシャー猫）

ねこなめ町《ちょう》には、ふしぎなウワサがある。町《まち》のあちこちに、巨大《きょだい》な猫《ねこ》がうかんで登場《とうじょう》し、ゾーッとする怪談《かいだん》をたくさん語《かた》ってくれるそうだ。それだけでも奇妙《きみょう》でこわいのに、なんと、その猫《ねこ》、ニヤニヤ笑《わら》うらしい!!　さあ、「笑《わら》い猫《ねこ》」の、1話《わ》5分《ふん》で読《よ》める、たのしい怪談集《かいだんしゅう》のはじまりはじまり〜。

ホームページで❶〜⓫巻の1話めが読める!　http://waraineko.jp/

全国《ぜんこく》の学校《がっこう》で大人気《だいにんき》!!

学校《がっこう》で話題《わだい》です!
(小《しょう》4女子《じょし》)

全巻《ぜんかん》もってる。毎日《まいにち》「新《あたら》しいの出《で》ないかな」とワクワクしてる
(小《しょう》4女子《じょし》)

こわかったけど、なぜか最後《さいご》はすっごく面白《おもしろ》かった!
(小《しょう》2女子《じょし》)

家族《かぞく》みんなで読《よ》めるのがいい
(小《しょう》6男子《だんし》)

友《とも》だちに教《おし》えたら、その子《こ》のクラスで今《いま》ブレイクしてる
(小《しょう》5女子《じょし》)

1回《かい》読《よ》むと超《ちょう》はまる!ずっと笑《わら》い猫《ねこ》ファン♥
(小《しょう》5女子《じょし》)

読書《どくしょ》ギライでも楽《たの》しく読《よ》めるので、サイコーです
(小《しょう》4男子《だんし》)

100年後も読まれる名作 4

怪人二十面相と少年探偵団

2017年7月21日　初版発行

原作……江戸川乱歩
文……那須田 淳
絵……仁茂田あい
監修……坪田信貴

発行者……塚田正晃

発行……株式会社 KADOKAWA
〒102-8177　東京都千代田区富士見 2-13-3

プロデュース……アスキー・メディアワークス
〒102-8584　東京都千代田区富士見 1-8-19
電話 0570-064008（編集）
電話 03-3238-1854（営業）

印刷・製本……大日本印刷株式会社

本書の無断複製（コピー、スキャン、デジタル化等）並びに無断複製物の譲渡及び配信は、著作権法上での例外を除き禁じられています。また、本書を代行業者などの第三者に依頼して複製する行為は、たとえ個人や家庭内での利用であっても一切認められておりません。製造不良品はお取り替えいたします。購入された書店名を明記して、アスキー・メディアワークス　お問い合わせ窓口あてにお送りください。送料小社負担にてお取り替えいたします。但し、古書店で本書を購入されている場合はお取り替えできません。定価はカバーに表示してあります。なお、本書及び付属物に関して、記述・収録内容を超えるご質問にはお答えできませんので、ご了承ください。

© Jun Nasuda ／© Ai Nimoda 2017　Printed in Japan
ISBN978-4-04-892865-6　C8093

小社ホームページ　http://www.kadokawa.co.jp/
アスキー・メディアワークスの単行本　http://amwbooks.asciimw.jp/
「100年後も読まれる名作」公式サイト　http://www.kadokawa.co.jp/pr/b2/100nen/

カラーアシスタント　Noah　ザシャ　Pinkspinel
デザイン　みぞぐちまいこ（cob design）
編集　田島美絵子（第2編集部単行本編集部）
編集協力　工藤裕一　黒津正貴（第2編集部単行本編集部）

切手をはって
おくってね

郵便はがき

102-8584

東京都千代田区富士見1-8-19
アスキー・メディアワークス　第2編集部
100年後も読まれる名作
アンケート係

住所、氏名を正しく記入してください。
おうちの人に確認してもらってからだしてね♪

住所	〒□□□-□□□□　都道府県　区市郡
氏名	フリガナ
性別	男・女　年齢　才　学年　小学校・中学校（　）年
電話	（　）
メールアドレス	

今後、本作や新企画についてご意見をうかがうアンケートや、新作のご案内を、ご連絡さしあげてもよろしいですか？　（はい・いいえ）

※ご記入いただきました個人情報につきましては、弊社プライバシーポリシーにのっとって管理させていただきます。
詳しくは http://www.kadokawa.co.jp/ をご覧ください。

キリトリ

アンケートはがきをまって編《へん》集《しゅう》部《ぶ》におおくりください。

ぬりえも
ぬってみてね♪

キリトリ

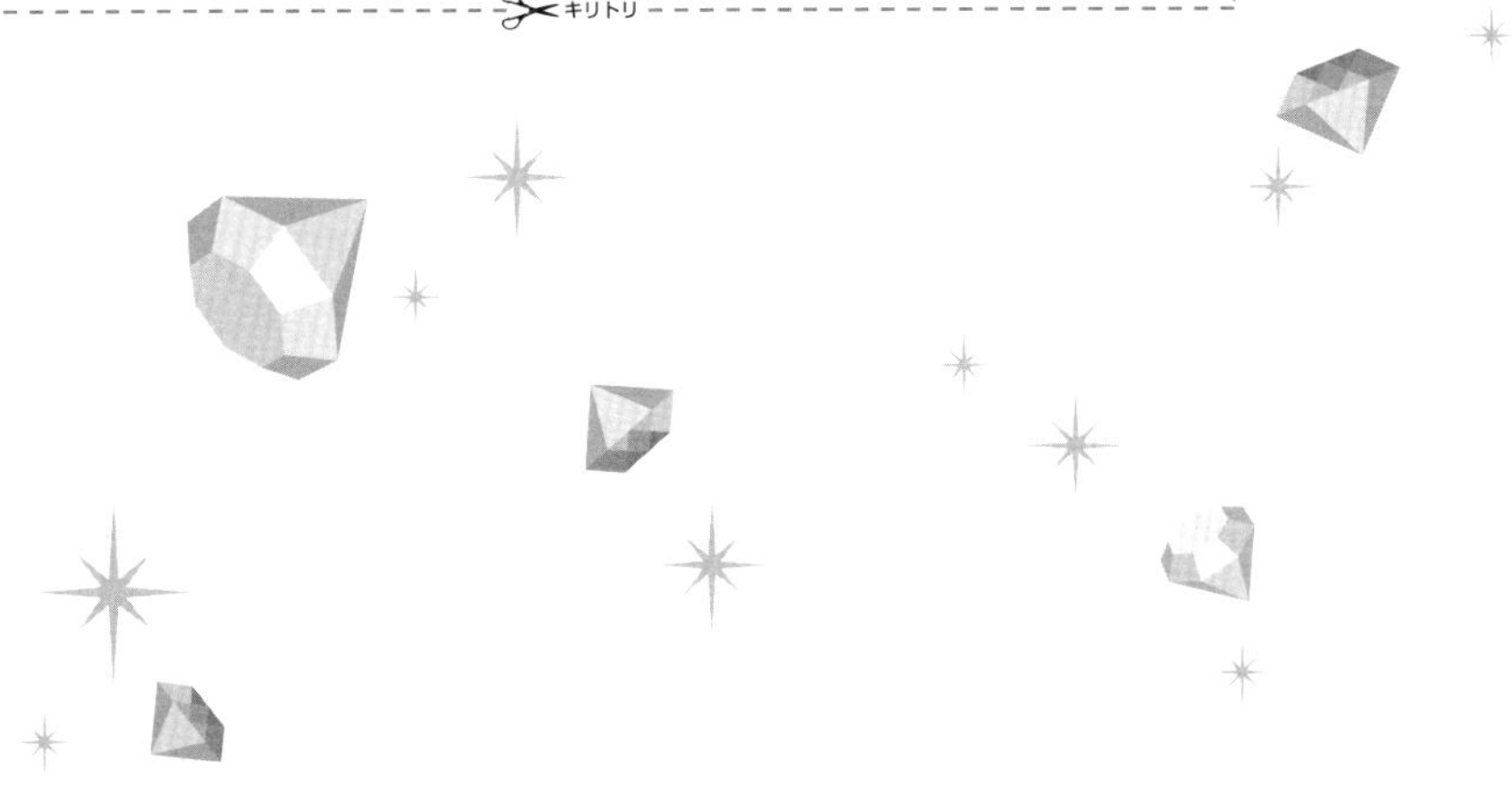

ぬりえ

キリトリ

あなたの声をきかせてください！

「怪人二十面相と少年探偵団」をお買いもとめいただき、ありがとうございます。みなさんのご意見をこれからの参考にさせていただきたいと思いますので、下の質問におこたえください。

❶あなたは「100年後も読まれる名作」の何巻をもっていますか？

1．ふしぎの国のアリス　2．かがみの国のアリス　3．美女と野獣
4．怪人二十面相と少年探偵団

❷この本をえらんだのは、どなたですか？

1．お子さんご本人　2．父　3．母　4．祖父母　5．その他（　　　　　　　　　　　　）

❸この本をえらんだりゆうをおしえてください。（いくつでもOK）

1．あらすじがおもしろそう　2．表紙がよかったから　3．タイトルがよかったから
4．勉強（宿題）にやくだちそうで　5．さくさく読めそう　6．巻頭のマンガが気にいって
7．ポスターがついていたから　8．カラー絵だったから　9．さし絵がたくさんあるから
10．日本のお話が読みたかったから　11．名作が読みたかったから　12．学校の朝読用に
13．書評を読んで　14．値段がお手ごろだから　15．ビリギャル先生が監修してるから
16．この訳者のほかの本が好きで　17．大人にすすめられて　18．友だちにすすめられて
19．その他（　　　　　　　　　　　　）

❹この本の感想についておしえてください。

1．内容は？（A．おもしろい　B．ふつう　C．おもしろくない）
2．レベルは？（A．やさしい　B．ちょうどいい　C．むずかしい）
3．お話の長さは？（A．長い　B．ちょうどいい　C．みじかい）
4．さし絵は？　お子さんの感想（A．すき　B．ふつう　C．あまりすきじゃない）
　　　　　　　おうちの方の感想（A．よい　B．ふつう　C．あまりよくない）

❺あたらしい巻やほかの巻も買ってみたいと思いますか？（　はい　・　いいえ　）

❻好きな本のシリーズやまんが、アニメ、ゲームがあればおしえてください。

（　　　　　　　　　　　　）

❼「100年後も読める名作」をなにでしりましたか？

1．本屋さんでみて　2．本に入っているチラシで　3．インターネット
4．学校・公立図書館　5．雑誌をみて（雑誌名　　　　　　　　　　　　）
6．その他（　　　　　　　　　　　　）

❽この本をだれかにオススメしたいですか？（　はい　・　いいえ　）

「はい」とこたえたあなた、**この本のうわさをゼッタイひろめるのだ**

『100年後も読まれる名作』へのご意見やご感想を自由にかいてください。イラストでもいいですよ。

・この欄に書かれたメッセージを「100年後も読まれる名作」の本、HP、チラシ、宣伝物等で紹介してもいいですか？

□名前を出して掲載可　□ペンネーム（　　　　　　　　　　　　）なら掲載可　□不可

※おうちの人に確認してもらってね♪

キリトリ

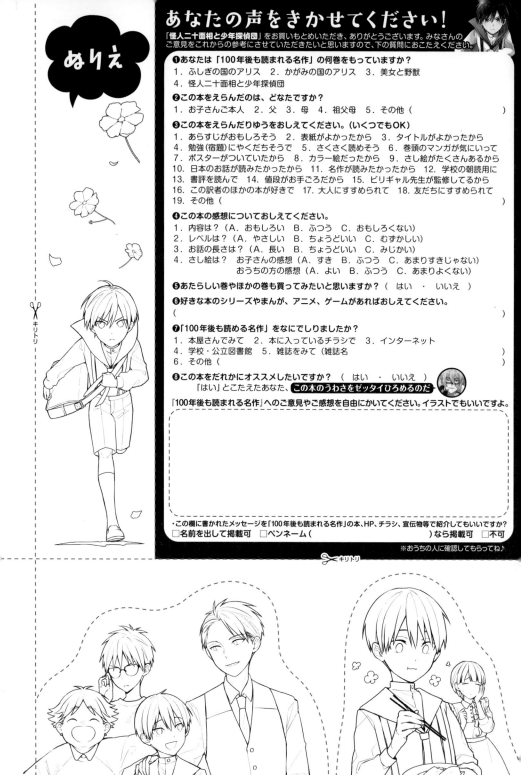